제로 럭키소녀, 세상을 바꿔줘

SAKIYOMI! Vol.1 HIMITSU NO FUTARI DE MIRAI O KAERU
©Machi Nanami 2020
©Komagata 2020

First published in Japan in 2020 by KADOKAWA CORPORATION, Tokyo, Korean
translation rights arranged with KADOKAWA CORPORATION, Tokyo through
Shinwon Agency Co., Seoul.
Korean translation Copyright @ 2022 by EZ BOOK

제로 럭키 소녀, 세상을 바꿔줘

나나미 마치 장편소설 · 고마가타 그림 · 박지현 옮김

이지북
EZbook

차
례

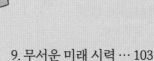

등장인물

기사라기 미우

중학교 1학년.
어린 시절 '어떤 사고'가 원인이 되어,
사람의 얼굴을 보기가 무서워졌다.
'미래'가 보이는 힘을 가지고 있다!?

다키시마 유키토

미우와 같은 학년.
좀 미스터리한 인기남. 아무래도 누구
에게도 말 못 할 '비밀'이 있는 듯……?

사와베 유미

미우의 같은 반 친구.
미우에게 미술부에
들어오라고 권한다.

세토 레이라

활기찬 미술부 부장.
3학년.

가나이 히사시

미술부의 성실한 부부장.
2학년.

유키우사

'유키우사의 미래 채널'로
인기 폭발 중인 유튜브
리포터.

미래 시력이란? 사람의 얼굴을 보면 그 사람에게 일어날 미래가 보이는 힘을 말함.

좋지 않은 미래만 보여……

나에게 보이는 건 싸움 혹은 사고 등등.

기사라기 미우

그래도……

어……?

그게 도대체 무슨 말이지!?

운명을 바꿔 보자.

그 이름은 미래 시력

"유키! 위험해!"

눈앞의 동그란 머리가 크게 균형을 잃고 아래로 향했다.

여기는 놀이터 정글짐 꼭대기다. 나는 남동생 슈를 꼭 끌어안은 채, 땅으로 떨어지는 유키를 부르는 것밖에 할 수 있는 게 없었다. 손을 놓으면 슈가 떨어져 버려……!

"유키!"

거의 비명과도 같은 그 목소리는 유키가 바닥으로 떨어지는 소리조차 묻힐 만큼 컸다.

"누나……?"

품속에서 슈가 나를 올려다보았다. 슈는 무슨 일이 일

어났는지 아직 모른다. 그리고 앞으로도 계속 모를 것이다.

유키와 맞바꾸어 자기가 살아났다는 사실을……

◆

"미우, 아침이야! 어서 일어나!"

엄마의 목소리에 천천히 눈을 떴다. 언제나 같은 아침에 똑같은 내 방. 또 그 꿈인가……? 벌써 몇 번째인지 모른다.

나는 침대에서 몸을 일으켰다. 땀을 흘려선지 잠옷이 착 달라붙어 있었다.

"미우! 몇 번 말하니!"

노크도 없이 방문이 확 열렸다. 그곳에는 화장을 마치고 정장을 차려입은 엄마가 서 있었다.

"아, 또 이렇게 벌컥벌컥 문 열고 말이야. 일어났대도."

"일어났으면 왜 안 나와? 슈는 벌써 나갔어!"

"어, 벌써?"

"아침에 농구 연습이래. 엄마도 이제 나갈 거니까 문단속 잘하고 가!"

엄마는 바쁘게 문 저편으로 사라졌다. 벽시계를 보고 살짝 당황했다. 나도 빨리 학교 갈 준비를 할 시간이었다. 침실을 나와 거실로 향했다. 창문으로 들어오는 4월의 햇살이 따뜻했다. 우리 집은 10층짜리 아파트에 있다. 나, 기사라기 미우는 부모님, 남동생과 함께 5층에서 살고 있다.

토스트를 먹으면서 교복으로 갈아입고, 현관 거울로 옷매무새를 확인한 뒤 집을 나섰다. 아파트 앞은 완만한 오르막길이다. 나는 작게 한숨을 내쉬고 그 오르막길을 올라갔다. 올봄에 입학한 중학교까지는 걸어서 10분 정도 걸렸다.

언제나 같은 아침, 언제나 같은 풍경. 출근하는 샐러리맨, 자전거 탄 고등학생, 개와 함께 산책하는 사람, 무리지어 걸어가는 초등학생 등 여러 사람이 지나다니는 통학로가 변함없이 펼쳐졌다. 그리고 그 사람들의 얼굴을 보지 않도록 나는 고개를 숙이고 걸어갔다.

얼굴을 봐 버리면, 보고 싶지 않은 게 보일지도 모르니까…….

…… **난 미래가 보인다.**

미래라고 해도 보이는 건 나쁜 일뿐이다. 어떤 사람의 얼굴을 보면 그 사람에게 앞으로 일어날 '나쁜 일'이 영상으로 보인다. **나는** 그것을 **'미래 시력'**이라고 말한다.

미래 시력에는 몇 가지 특징이 있다. 첫 번째, 미래 시력은 모든 상황에 반드시 보이는 것은 아니다. 나쁜 일이 일어나기 전에 어떤 사람의 얼굴을 봤는데도, 미래 시력으로 보지 못했던 적이 몇 번이나 있었다. 두 번째, 미래 시력으로 봤던 일이 언제 어디서 일어날지 알 수 없다. 장소나 시간은, 함께 보이는 것들에서 유추할 수밖에 없다.

미래를 보고 나서 그게 실제로 일어날 때까지의 시간도 뒤죽박죽이다. 미래 시력으로 보았던 직후에 일어난 적도 있었고, 며칠이나 지나서 거의 잊힐 즈음에 일어난 적도 있었다.

처음 미래 시력으로 미래를 봤던 게 언제였더라……. 철이 들면서부터는 미래를 보는 것이 당연해졌다. 그리고 다른 사람들에게는 보이지 않는다는 것도 알게 되었다. 미래가 보이는 건 나뿐이다. 그래서 미래 시력에 대한 건 그 누구에게도, 부모님에게조차 말한 적이 없다.

게다가 어린 시절에 일어난 '그 사고' 탓에 나는 다른 사람의 얼굴을 볼 수 없게 되었다. 미래를 보는 것이 너무나 무서워졌다. 그때부터는 미래 시력을 보아도 아무것도 생각하지 않기로 결심했다. 그리고 바로 잊기로 했다. 나는 아무것도 모르고, 아무것도 보지 않았다는 듯이. 내가 미래 시력으로 본 미래는, 아마 하늘에서 정해 준 운명 같은 거라고 생각했다.

어쩌다 그걸 보는 힘이 생겼다고 내가 도와야 하는 건 아니잖아? 그래. 난 그게 보일 뿐이야. 그냥 알게 되는 것뿐이야. 그것뿐이라고.

누군가의 운명을 바꾸다니, 그게 훨씬 더 잘못된 일 아니야?

끼이익!

앞쪽에서 자전거 브레이크 소리가 들렸다. 그 소리에 무심코 고개를 들었다. 자전거는 10미터 정도 앞에 있는 모퉁이를 지나 이쪽을 향해 꺾으려 하고 있었다. 자전거에 타고 있는 고등학생 정도로 보이는 남학생이 한 손으로 스마트폰을 만지작거리며 화면에 정신이 팔려 있었다.

그 얼굴을 본 순간, **지지직**거리는 노이즈가 들렸다.

'⋯⋯안 돼!'

이 노이즈가 미래 시력이 시작하는 신호다.

'싫어, 보고 싶지 않아!'

나는 노이즈를 떨쳐 내듯 고개를 세차게 저었다. 하지만 이미 늦었다. 이 소리가 들리면 미래 시력을 보지 않을 수 없다. 아무리 보고 싶지 않아도 볼 수밖에 없다.

노이즈가 사라지자, 순간 영상이 머릿속으로 흘러들어왔다.

언덕을 내려오면 나오는 모퉁이.

"꺄악!"

"우왓!"

쾅!

모퉁이를 돌아 나오는 여자와 남학생의 자전거가 부딪친다. 여자는 넘어지고, 남학생은 자전거째로 길바닥에 엎어진다. 그리고 옆을 지나가던 사람의 "꺄악!" 하는 비명.

옆으로 나뒹군 자전거는 달칵거리며 바퀴가 돌아가고 있다. 두 사람 다 피는 나지 않지만 여자는 팔을 누르면서 고통

스러운 표정을 짓고 있다.

그 충격적인 영상을 보고 싶지 않아서 나는 질끈 눈을 감았다.

'아무것도 하지 않을 거야. 아무것도 몰라. 난…… 상관 없는 일이야…….'

더 이상 사람들의 얼굴을 보지 않으려고 고개를 숙이고 달리기 시작했다. 잠시 후, 뒤에서 커다란 충돌음이 들렸다. 그리고 "꺄악!" 하는 비명과 자전거가 쾅 쓰러지는 소리가 났다. 그 소리에서 멀어지기 위해 나는 필사적으로 달렸다.

'몰라. 난 상관없어!'

"뭐야, 무슨 일이야?"

나는 소리에 놀라 주위를 두리번거리는 사람들 사이를 빠져나와 학교를 향해 달렸다.

체육관의 비명

등교해서는 바로 체육관으로 향했다. 오늘은 전체 조회가 있는 날이다.

'그 사람, 많이 다쳤으려나⋯⋯.'

아까 본 자전거 사고를 떠올리자 가슴 어딘가가 꾸욱 눌리는 것 같았다. 하지만 어쩔 수 없다. 나는 이제 미래 시력을 보아도 아무것도 하지 않기로 결심했으니까.

주변의 아이들이 몇 명씩 무리 지어 즐거운 듯이 수다를 떨고 있는 동안 혼자 복도를 걸었다. 아직 4월이지만 반에는 이미 사이좋은 아이들끼리 만든 그룹이 몇 개나 생겼다. 어떤 무리에도 속하지 않고 언제나 혼자인 건 나밖에 없었다. 하지만 '외톨이'로 지내는 것에는 익숙했다. 초등학교 때부터 쭉 그랬으니까.

사람의 얼굴을 보고 이야기할 수 없기 때문에 사이좋은 친구를 만들지 못했다. 아니, 애초에 만들려고 하지 않았다. 친구가 되면 아마 반드시 그 아이의 안 좋은 미래를 보게 되고, 점점 사이가 좋아질수록 미래 시력을 무시하기 힘들어질 테니까. 그래서 나는 이제 친구를 만들지도 않고 동아리나 학생회에 들어가지 않기로 마음먹었다.

"저기, **유키우사**가 이 동네에 산다는 소문 들었어?"

체육관으로 연결되는 통로에 막 도착했을 때였다. 바로 옆을 걷고 있던 여자아이 무리에서 신난 듯한 목소리가 들려왔다.

"들었어! 근데 그거 뻥 아니야? SNS에 올라온 사진 속 풍경이 어쩌다 가와키타 공원과 비슷해서 그렇다고 하던데. 그것만으로 이 동네에 산다고 할 순 없잖아?"

"아니, 아니. 중학교 근처에서 봤다는 애가 있어!"

"뭐? 그 모습으로?"

"그렇다니까! 분홍 가발에 토끼 귀를 달고 있었대!"

"거짓말! 그렇게 눈에 띄는 모습으로 나타나다니 말도

안 돼! 일부러 누가 흘린 거겠지!"

"하지만 유키우사가 근처에 산다고 생각하니 왠지 흥분되지 않아?"

"그야, 그렇지만."

유키우사가 뭐지? 분홍 가발에 토끼 귀? 유명한 사람인가? 아니면 연예인? 나는 평소에 텔레비전을 거의 보지 않아서 이런 화제에 전혀 끼어들지 못했다. 만약 친구가 생긴다 해도 아마 분위기를 썰렁하게 만들고 말 것이다.

그래. 혼자가 좋다. 그게 제일 평화로우니까······.

"저기, 얘!"

"힉!"

누가 갑자기 내 어깨를 툭 쳐서 깜짝 놀라 자리에서 뛰어올랐다. 돌아보니 여자아이 한 명이 생긋 웃고 있었다. 뒤로 모아 묶은 곱슬머리가 마치 강아지 꼬리처럼 살랑살랑 흔들렸다.

교복 리본이 빨강인 걸 보니 3학년이 틀림없었다. 내가 다니는 중학교는 학년별로 리본이나 넥타이 색깔이 정해져 있는데, 올해 1학년은 초록, 2학년은 파랑, 3학년은 빨강이다.

"등에 깃털이 붙어 있어."

"어…… 깃털이요?"

머뭇거리는 내 앞으로 선배가 손을 뻗었다. 그 손이 잡은 건 작고 하얀 깃털, 새의 깃털 같았다. 어디서 붙었을까. 전혀 몰랐는데.

"아…… 고맙습니다."

감사 인사를 하면서 무심코 얼굴을 보았다. 미래 시력은…… 다행이다. 보이지 않았다. 속으로 안심하고 있는데 그 사람은 얼굴 가득히 웃음을 띠면서 말했다.

"하얀 깃털은 천사가 바로 옆에서 보고 있다는 메시지래! 아침부터 운이 좋네!"

처, 천사? 갑자기 나온 판타지스러운 말에 순간 할 말을 잃었다.

"레이라! 얼른 와!"

"알았어!"

레이라로 불린 그 사람은 내게 "안녕!" 하고는 체육관 쪽으로 달려갔다. 그리고 친구들에게 둘러싸여 태양 같은 미소를 사방에 날렸다. 밝은 사람이네. 친구도 많은 것 같아.

'…… 나하고 완전 다르다.'

그렇게 생각했을 때였다. **지지직**거리며 갑자기 노이즈
가 들려왔다. 아차! 방심했다. 미래 시력이 조금 늦게 보
일 때도 있는데 지금이 그랬다. 보고 싶어 하지 않는 내 마
음을 비웃듯, 영상은 시작되었다.

전교생이 모인 체육관. 단상 위에는 교장 선생님이 서
있다.

"……세토 레이라 학생이 시립 미술 대회에서 최우수상을 받았으므로, 표창장을 수여하겠습니다."

줄 서 있는 학생 중에 곱슬머리가 종종걸음으로 움직여 단상으로 올라가는 모습이 보인다.

"레이라!"

친구인 듯한 여자아이의 목소리가 울려 퍼진다. 세토 레이라는 목소리가 들려온 쪽을 돌아보며 손으로 브이 자를 만들어 보인다. 계단을 올라 무대 중앙으로 걸어가려던 그때, 쾅! 큰 소리가 울린다. 와이어가 끊어지며 무대 위에 매달려 있던 대형 조명이 떨어져, 세토 레이라의 머리를 곧바로 친 것이다.

체육관은 비명으로 가득 찬다. 당황해서 달려 나오는 교장 선생님과 다른 선생님들. 조명 아래로 흐르는 피, 쓰러진 채 움직이지 않는 몸…….

장면이 바뀌고 며칠 후의 교실. 여학생들이 거리낌 없이 떠들어대는 소리가 들린다.

"그 아이, 두개골 골절이래. 이제 학교는 못 다닌다나 봐."

"두개골? 그거 위험한 거 아니야?"

"운이 나빴어. 그 타이밍에 하필이면 상을 받아서."

"상 같은 거 받지 않았으면 좋았을 텐데……."

정신을 차려 보니, 나는 학생들이 걸어가는 복도 한가운데에 멍하니 서 있었다. 레이라 선배의 뒷모습이, 체육관으로 들어가는 모습이 보였다.

'어, 어떡해! 이대로라면 저 사람……!'

다리가 후들후들 떨렸다. 체육관 전체에 울려 퍼지는 비명, 흐르는 피……. 떠올리는 것만으로 등골이 서늘해졌다.

'안 돼, 잊어야 해! 아무것도 하지 않기로 했으니까. 운명이니까, 비틀어 버리면 안 돼…….'

나는 지금 본 것을 머릿속에서 지우려고 눈을 꾹 감았다. 그런 생각과는 반대로, 내 귀에는 레이라 선배의 밝고 따뜻한 목소리가 아직도 들리는 듯했다.

'천사가 바로 옆에서 보고 있다는 메시지래! 아침부터 운이 좋네!'

그렇게 말하면서 기분 좋게 웃던 얼굴이 떠올랐다. 점점 심장박동이 빨라졌다.

'안 돼. 잊자. 잊어버리는 거야……! 내가 할 수 있는 일
은 아무것도 없으니까!'

쇳덩이처럼 굳어 버린 다리를 어떻게든 움직여 앞을
향해 내디뎠다. 다른 아이들과 섞여 체육관 안으로 들어
가던 바로 그때.

찌리리리리리링!

갑자기 째지는 듯한 벨 소리가 울려 퍼졌다.

"무슨 일이지?"

"불?"

주변에 있던 아이들이 일시에 웅성거리기 시작했다.
화재경보기 소리였다. 복도나 특별실에 설치된 소화전에
있는 버튼을 누르면 울리는 경보음이었다.

"뭐야! 누가 누른 거야!"

우리 반 담임이자 체육 교사인, 데시가와라 선생님의
큰 목소리가 들려왔다. 그렇구나, 체육관에도 소화전이
있었지. 나는 주위를 둘러보고 교정 쪽 벽에 있는 빨간색
소화전을 발견했다. 하지만 그 주변에는 아무도 없었다.

"자, 다들 침착하게 그 자리에서 움직이지 말도록!"

이번에는 여자 선생님의 목소리였다. 하지만 벨 소리가 너무 커서 거의 들리지 않았다. 체육관 앞에 있던 선생님들은 당황한 듯 서로 무언가를 이야기하고 있었다. 그 사이 데시가와라 선생님이 체육관에서 뛰어나갔다.

"정말 어디 불이라도 난 거 아냐?"

"설마. 어디서 불이 났다는 거야?"

바로 옆에 있던 남학생들이 흥분해서 떠들어 댔다. 그리고 잠시 후 경보가 멈추더니 어딘가 불편한 듯 보이는 데시가와라 선생님이 학생들을 노려보며 체육관으로 돌아왔다.

"아침부터 귀찮은 사고나 치고!"

역시 누군가 장난친 것 같았다. '사고 친 학생은 정직하게 손을 드세요'라는 선생님의 심문이 곧 이어질 것 같았다. 주위에 있던 아이들은 아직 경보기 사건에서 완전히 빠져나오지 못한 듯, 불안하게 그곳을 떠나지 못하거나 주위를 두리번거렸다. 좀처럼 줄을 서려고 하지 않는 아이들 향해 빨리 서라며 선생님들이 목소리를 높였다.

'어쩌면 조회 시작이 늦어질지도 모르겠는데?'

그때 깨달았다. 아니, 설마. 그럴 리가. 머릿속에 떠오른 엉뚱한 생각을 필사적으로 없애려 했다.

'하지만 만약 이대로 있으면…….'

학생들은 몇 분이 지나서야 겨우 줄을 섰고 조회가 시작되었다. 단상에 올라간 교장 선생님이 조금 전에 울린 비상벨에 관해 이야기하기 시작했다. 그 말을 듣는 둥 마는 둥 하면서 나는 조명을 올려다보았다.

와이어로 연결된 조명들이 레일에 매달려 있었다. 와이어는 여기서는 아무 문제도 없는 것처럼 보였다.

쿵쿵 쿵쿵…….

심장박동이 점점 빨라졌다. 아까 미래 시력으로 들었던 커다란 비명이 머릿속에서 떠나지 않았다.

'제발…… 제발! 내가 원하는 대로 되도록!'

마음속으로 강하게 빌고 있는 그때, 미래 시력으로 본 영상이 눈앞에서 다시 펼쳐졌다. 와이어가 끊어지고 조명이 떨어지고 있다!

'위험해!'

콰다아아아아앙!

뭔가 떨어지는 소리가 크게 난 후 비명이 들렸다. 하지만 그 소리는 미래 시력으로 들었던 비명과는 비교되지 않을 정도로 작았다.

"뭐야!"

"괜찮으십니까, 교장 선생님!"

선생님들이 당황해서 부산스럽게 몰려왔다. 교장 선생님은 눈앞에서 벌어진 일에, 그저 멍하니 넋을 놓은 듯했다.

'역시!'

그렇다. 미래 시력은 현실로 되지 않았고, 조명 아래에는 아무도 없었다.

레이라 선배는 다치지 않았다!

3

미술실에서의 첫 만남

그날 방과 후부터 시작된 동아리 체험 때문에 서두르는 아이들을 보면서 나는 교실에서 혼자 생각에 잠겼다.

누군가가 비상벨을 눌렀어. 그 후 조회는 중단되었고 그대로 끝나 버렸다. 레이라 선배의 표창장 수여는 다음으로 미뤄진 듯했다. 데시가와라 선생님은 3층 복도 구석에 설치된 비상벨이 울렸다고 했다.

대체 무엇 때문에? 비상벨과 대형 조명의 낙하. 이 두 가지 사건이 뭔가 연결되어 있다는 느낌이 들었다. 누군가가 레이라 선배를 구하기 위해, 일부러 비상벨을 눌러서 조회 시작을 늦춘 걸까? 하지만 그러기 위해서는 레이

라 선배가 대형 조명에 깔린다는 것을 미리 알고 있어야
한다. 내가 그 광경을 미래 시력으로 본 것처럼.

'⋯⋯그럴 리가 없겠지.'

한숨을 후 내쉬고 있는데, 누군가 내 어깨를 두드렸다.
몸이 갑자기 떨릴 정도로 깜짝 놀랐다.

"기사라기!"

천천히 고개를 돌려 살짝 얼굴을 확인했는데, 같은 반
의 사와베 유미였다.

"무, 무슨 일이야?"

상대가 누군지 확인한 나는 바로 시선을 피하면서 대
답했다.

"기사라기, 혼자야? 아니면 혹시 약속 있어?"

"아니, 그렇진 않은데⋯⋯."

"그래? 잘됐다!"

약속이 있냐는 게 무슨 뜻인지 모르겠다. 시선을 계속
피하고 있는 나를 신경 쓰지 않고 사와베가 말했다.

"오늘부터 동아리 체험 시작이잖아. 기사라기는 어디
로 갈 예정이야?"

아, 누구와 함께 동아리 체험을 할지에 대한 이야기였

나 보다. 나는 사와베의 시선을 피하며 미리 정해 둔 답변
을 했다.

"난 동아리에 들어갈 생각이 없어서……."

"왜? 어째서?"

'어째서라니…….'

사람 얼굴을 보면서 불필요한 미래 시력을 보고 싶지
않으니까, 하고 말할 수는 없었다.

"음…… 나 운동은 잘 못해서."

어물어물 두 손을 비틀면서 말하자 사와베는 기쁜 듯
이 말했다.

"그렇구나! 나랑 똑같네! 나도 초등학생 때부터 운동

신경이 꽝이거든. 공이 나를 미워하는 것 같아."

사와베가 잠깐 말을 멈추고 싱긋 웃은 것 같았다. 내 시선 끝에 입가가 조금 보였다.

"저기, 기사라기. 나랑 같이 미술부에 들어가지 않을

래?"

"어…… 미술부?"

"그래! 작년 축제 때 구경 갔었는데 엄청 예쁜 그림이 전시되어 있지 뭐야. 그때 이후로 한번 들어가 보고 싶었어."

"하, 하지만 나, 그림도 잘 못 그리는걸."

"뭐, 대단한 유화 같은 거 못 그려도 괜찮아. 일러스트나 만화를 그려도 되나 봐."

"그치만……."

적당히 거절할 말이 떠오르지 않아서, 나는 아무 말도 하지 못했다.

'왜 하필 나지. 다른 사람에게 권하는 게 나을 텐데…….'

내 생각이 전해졌는지 사와베는 에헤헤, 하고 부끄러운 듯이 웃었다.

"나, 입학하고 그다지 친구들하고 친해지질 못해서 함께 가면 어떨까 해서. 실은 예전부터 기사라기가 눈에 밟혔어."

"내가?"

"응. 왠지 조금 쓸쓸해 보여서…… 나와 비슷한 걸까,

하고 생각했어."

깜짝 놀랐다. 쓸쓸해 보인다는 말이 가슴에 쿵 다가왔다.

'비슷하다고? 사와베하고 내가?'

어느새 나는 사와베의 얼굴을 똑바로 보고 있었다. 동그란 눈 위로 윤기 흐르는 짧은 앞머리를 내리고 있었고, 두 갈래로 땋은 머리를 옆으로 올려서 버찌 모양의 방울로 묶은 모습이었다.

'……다행이다. 미래 시력이 보이지 않아서.'

미래 시력만 보이지 않는다면 다른 사람의 얼굴을 보는 것도 무섭지 않았다.

"겨우 눈을 맞춰 주네."

그렇게 말하고는 사와베가 방긋 웃었다.

✦

정신을 차리고 보니, 3층 서쪽 구석에 있는 미술실 앞이었다.

결국 동아리 체험을 함께하게 된 것이다. 사와베가 기쁘게 웃는 얼굴을 보니 도저히 거절할 수가 없었다.

하지만 미술실 문 앞에서 사와베는 멋쩍게 뒤돌아보며 말했다.

"막상 들어가려고 하니까 왜 이렇게 떨리지?"

"……그럼 오늘은 그만둘까?"

"아, 아니야. 괜찮아! 같이 가자, 기사라기!"

그리고 사와베가 손을 뻗었을 때, 문이 덜컥 저절로 열렸다.

"너희, 동아리 체험 때문에 왔지?"

키 큰 남자가 열린 문 안쪽에 서 있었다.

힐끔 보니, 흰 피부에 부티 나는 얼굴이었다. 검은 뿔테 안경을 쓰고 있어선지 머리가 엄청 좋아 보였다.

"네, 네! 잘 부탁 드립니다!"

사와베가 꾸벅 고개를 숙이자, 나도 당황해서 따라서 인사했다.

"와 줘서 기뻐. 난 부부장 가나이 히사시야. 잘 부탁해."

그렇게 말하고 흰 치아를 드러내 보이는 가나이 선배. 목에 맨 넥타이가 파랑인 걸 보니 2학년이다.

그때 미술실 안쪽에서 높은 톤의 목소리가 들렸다.

"히사시, 1학년들 왔어?"

"어이쿠. 진정해요, 부장."

"진정할 수가 있나!"

뛰어오면서 점점 가까워지는 부드럽고 밝은 목소리.

'어? 이 목소리, 어디서 들었지?'

가나이 선배의 어깨 너머로 미술실이 한눈에 들어왔다. 거기에는 보드라워 보이는 곱슬머리를 가진 여자가 있었다. 통, 하는 소리와 함께 가나이 선배를 밀어젖히고 양팔을 크게 벌리고 섰다.

"미술부에 잘 왔어! 내가 부장 세토 레이라야!"

점치는 남자

그 순간, 나는 숨을 훅 들이켰다.

'레, 레이라 선배……?'

무심코 선배의 얼굴을 빤히 쳐다보고 말았다. 다행이다. 미래 시력이 보이지 않았다.

흰 피부에 엷은 주근깨. 강아지처럼 붙임성 좋아 보이는 눈은 긴 속눈썹으로 덮여 있었다. 웃는 얼굴은 아침에 봤을 때처럼 빛나고 있었다.

'이 사람, 미술부 부장이었구나!'

"부장! 좀 차분하게 있어요!"

가나이 선배가 흘러내린 안경을 밀어 올렸다.

그 옆에 서 있던 레이라 선배는 나를 보고 눈을 동그랗게 떴다.

"어? 너, 아침에 그!"

그렇게 말하면서 나를 정확히 가리켰다. 가나이 선배가 물음표가 떠오른 듯한 표정으로 나와 레이라 선배를 번갈아 쳐다보았다.

"부장, 아는 사이예요?"

"알고말고!"

레이라 선배는 한층 더 목소리를 높였다.

"내 생명의 은인이야!"

'……뭐?'

얼이 빠진 내 옆에서 레이라 선배는 흥분한 듯 팔을 위아래로 파닥거렸다.

"나, 조회 때 표창장 받을 예정이었단 말이야!"

그건 알지만…… 어째서 내가 은인이지? 설마 내가 미래를 봤다는 걸 알아차린 건가?

아니다, 절대 아니다! 게다가 애초에 나는 아무것도 하지 않았다. 은인이 될 수가 없다.

"오늘 아침에 나, 얘 등에 붙어 있는 작은 깃털을 떼 줬거든?"

레이라 선배는 가슴을 쭉 펴고 말을 이었다.

"그때, 이 애의 수호천사하고 나 사이에 특별한 뭔가가 생긴 거야. 그 덕분에 조명이 떨어졌을 때 거기에 올라가지 않아도 됐다고! 그러니까, 이 아이의 수호천사가 나를 지켜 줬다, 이거야!"

"……네?"

수호천사?

그게 뭐지?

"부장, 그쯤 해 둬요. 지금 뒤로 한 발짝 물러났다고요, 저 애들."

"왜! 히사시도 초능력 믿는다고 했잖아!"

"완전히 부정하지 않는다고 말했지, 믿는다고는 안 했어요. 게다가 초능력하고 천사는 다르잖아요. 외계인하고 유령, 미확인 생물까지 폭넓게 믿고 있는 부장하고 똑같이 취급하지 마요."

"아, 정말! 귀엽지가 않다니까, 히사시는!"

"별로 귀여움받는 걸 목표로 하고 있지 않아서. 게다가 그런 과학적이지 않은 말엔 전혀 흥미 없어요."

"하지만 유키우사 팬이라며? 나 알아!"

'유키우사?'

그 말에 내 귀가 반응했다. 어디선가 들어 봤는데, 어디서였더라.

"아, 아니에요! 화제 되고 있다 보니 때때로 보고 있는 것뿐이지 팬은 아니……!"

"유키우사라니, 그 유키우사요? 유튜브 채널에 나오는?"

가나이 선배의 말을 자르고 사와베가 끼어들었다.

"맞아, 맞아! 유명하니까 잘 알고 있네. 어…….

"사와베예요, 사와베 유미."

"사와베구나. 너는?"

"기, 기사라기 미우예요."

레이라 선배가 큰 눈으로 나를 쳐다보자, 바로 이름이 튀어나왔다.

"기사라기하고 사와베. 두 사람 다 잘 부탁해!"

그리고 레이라 선배는 오른손으로 사와베 손을, 왼손으로 내 손을 잡았다.

"저도 유키우사 팬이에요. 기사라기는 본 적 있어? 〈유키우사의 미래 채널〉."

사와베가 나를 향해 빙글 몸을 돌렸다.

'동영상인가……..'

주위의 많은 아이들이 동영상 사이트에 열광하고 있다는 것 정도는 나도 잘 알고 있었다. 그 사이트에 동영상 올리는 사람 중에 연예인처럼 팬이 많은 예가 있다는 것도. 하지만 '유키우사'는 전혀 알지 못했다. 나는 왠지 자신 없는 듯 고개를 저었다.

"그런 사이트를 찾아보질 않아서. 그 유키우사는 유튜버인 거야?"

"맞아. 채널 구독자가 30만 명 가까이나 되는 인기 유튜버야. 점성술 계열 채널에서는 구독자가 일본에서 제일 많을걸."

내 질문에 대답한 것은 사와베가 아니라 가나이 선배였다.

"그녀가 하는 건 점성술뿐만이 아니야. 과거에 한 번 기록적인 대설이 오는 걸 전날 예언했지. 뭐, 인터넷상에서만 화제가 되었지만 말이야……. 결과적으로 그게, 채널 구독자 수를 폭발적으로 늘리는 계기가 되었지."

"대설?"

"그래. 작년 연말, 눈이 굉장히 많이 왔잖아? '쌓일 가능성은 적다'고 기상청이 예보하는 바람에 모두 방심했었어. 하지만 유키우사가 전날부터 '무릎까지 쌓일 정도로 온다'고 한 거야. 대단하지 않아?"

사와베가 마치 자기 일처럼 가슴을 펴고 말했다.

"하지만…… 그게 점이야? 일기예보에 재능이 있다거나 하는 거 아니야?"

"유키우사가 예언한 건, 폭설이 내리는 것뿐만이 아니야. 시민체육관 지붕이 쌓은 눈 때문에 휘어 무너져 내리는 사고 있었잖아? 유키우사는 그것까지 정확하게 예언했어."

'오……!'

가나이 선배 말에 생각지도 못하게 눈썹이 올라갔다.

역시! 어찌 되었든 '유키우사'란 사람은 대단한 사람인 것 같다. 옆 동네 시민체육관 사고는 신문에 실려서 알고 있었다. 지붕이 무너진 게 아마도 이른 아침이었기 때문에 다행히 아무도 다치지 않았었지.

체육관 옆에 살았던 사람이 인터뷰한 걸 봤는데 '굉장

히 큰 소리가 나서 바로 깼다. 이 세상이 끝나는 줄 알았다'라고 쓰여 있었다.

앗! 생각났다. 오늘 아침, 복도를 걸어가며 아이들이 떠들던 소리. 그때 '유키우사'에 대한 일을, '유키우사'가 학교 근처에 살고 있을지도 모른다는 이야기를 들었다.

'혹시……'

오늘 아침 레이라 선배를 살린 것도 그, 유키우사라는 사람이 했다거나…….

'……아니, 설마.'

"지금이라도 알게 되었으니까 한번 보는 게 어때? 점뿐만이 아니라, '오늘의 한마디'나 고민 상담 코너도 꽤 재미있어."

"히사시, 이렇게 구독자 늘리려고? 다 보인다, 다 보여."

"말도 안 돼요. 견문 넓히는 건 좋은 거잖아요?"

그때 덜컹하고 문 열리는 소리가 들렸다.

"어, 다키! 오늘은 늦었네?"

"미안해요. 위원회 일 때문에 선생님 말씀이 길어져서요."

무심코 나는 정면으로 그 얼굴을 보고 말았다.

'아차⋯⋯!'

하지만 괜찮았다. 미래 시력이 보이지 않았다.

"동아리 체험 중인가요?"

다키라고 불린 남자아이는 그렇게 말하고는 사와베와 나를 바라보았다. 아직 새것 같은 교복에 초록 넥타이를 맨 걸 보니 1학년이다.

곧은 콧대에 가느다란 턱선. 앞머리는 길게 눈 바로 위까지 내려와 있었다.

"맞아! 이쪽은 기사라기 미우와 사와베 유미라고 해. 얘는 먼저 체험하러 온 1학년 다키시마 유키토야."

"1학년 B반 다키시마야. 잘 부탁해."

익숙한 몸짓으로 옆에 있는 책상에 가방을 놓고 인사하면서 고개를 까닥였다.

"너희는 A반이야?"

"응. 우리 둘 다 A반이야."

"흐음."

그러더니 다키시마는 턱을 괴고 나를 빤히 쳐다보았다.

'왜 이렇게 빤히 보는 거지.'

날카로운 시선에서 피하듯 고개를 돌린 순간, 긴 앞머리 아래로 갈색 눈동자가 반짝 빛난 것처럼 보였다.

"아, 다키. 그거 한 거지?"

"갑자기 놀라게 하지 마, 다키시마. 동아리에 가입 안 하면 네 탓이다."

부장과 부부장의 말에, 다키시마가 웃었다.

"미안해요. 그만 습관적으로."

"있잖아, 다키도 점칠 수 있어!"

레이라 선배가 말하자, 가나이 선배가 안경을 손가락으로 밀어 올리며 말했다.

"유키우사 정도는 아니지만, 들을 가치는 있지."

"또 유키우사예요? 가나이 선배의 유키우사 사랑은 정

말 여전하네요.”

“시끄럽다.”

“아, 나 우리 반 여자애한테 들은 적이 있어요! B반 다키시마가 점 잘 본다고요.”

그러더니 사와베가 손뼉을 짝 쳤다.

“게다가 1학년 중에서 다섯 손가락에 들 정도로 잘생겼다고도 들었어요! 이쪽으로 막 이사 와서 초등학교 때부터 아는 친구가 없다면서요? 그래서 오히려 눈에 띄는 것 같아요.”

히사시 선배가 놀리듯 말했다.

“과연. 입학하고 얼마 안 돼서 여학생들한테 인기를 얻다니……. 꽤 하는걸, 다키시마.”

“별로 그렇지도 않아요.”

“그럼 모처럼이니까 이 두 사람 점 좀 쳐 봐!”

레이라 선배가 나와 사와베를 가리키며 말했다. 그러자 사와베가 손뼉을 치며 기뻐했다.

“정말? 부탁해, 다키시마!”

“그럼, 한번 볼까?”

다키시마는 그렇게 말하고 조용히 다가왔다. 그리고

나와 사와베의 얼굴을 번갈아 쳐다보기 시작했다.

‘뭐, 뭐야……?’

“다키의 점은 이렇게 얼굴을 보는 것부터 시작해!”

“얼굴을 보는 것만으로 점칠 수 있는 거야?”

사와베가 놀라자, 다키시마는 싱긋 웃었다.

“그렇다기보단, **보여. 그 사람의 미래가.**”

그 말에 심장이 덜컹했다.

‘얼굴을 보면 미래가 보인다. 그거, 미래 시력이랑 똑같
잖아……!?’

그렇게 생각하자마자, 당황해서 머릿속에서 지워 냈
다. 미래가 보이다니, 분명 농담일 거야.

애초에 다키시마가 하는 건 ‘점’을 치는 것이니까. 미래
시력은 점하고는 달라.

다키시마는 빤히 내 얼굴을 바라보았다. 앞머리가 긴
탓인지 표정을 잘 읽을 수가 없었다. 미래 시력이 보이지
않으니 다행이지만…… 이렇게 얼굴이 가까우면 역시 긴
장이 됐다.

“응, 보였어.”

다키시마는 그렇게 말하고, 입가에 자신 있는 미소를

띠었다.

"너희는 내일, 틀림없이 미술부에 가입할 거야."

'엥? 뭐야, 그게……'

멍하니 입을 벌리고 있는 내 옆에서, 사와베가 "뭐라고 오오오오?" 하고 큰 소리로 말했다.

"정말로? 대단해! 있잖아, 기사라기, 정말 대단하지 않아? 우리, 가입한대!"

그리고 내 손을 잡고 위아래로 휙휙 흔들었다.

아니, 너무 솔직하잖아! 이건 점이라기보단 단순히 다키시마의 희망 사항 아닌가?

레이라 선배가 양손을 번쩍 들었다.

"와, 됐다! 신입 부원, 확보!"

"다키시마의 점은 꽤 잘 맞으니까. 두 사람이나 들어온 다니, 기쁘기 그지없네."

가나이 선배가 만족스럽게 고개를 끄덕였다.

'아니, 아니, 잠깐만!'

"기, 기다려요! 난 가입한다고 한마디도……!"

"그치만 다키시마의 점은 가입한다고 나왔는걸."

"그거야 적당히 말했겠죠!"

나 자신도 깜짝 놀랄 만큼 큰 소리로 말했다. 사와베의 표정이 얼어붙었다.

다키시마가 온화하게 물었다.

"어째서 그렇게 생각해?"

'어째서냐니…….'

나는 모두의 시선에서 도망치듯 고개를 숙였다.

"하지만 사람 얼굴만 보고 미래가 보인다고 하면, 보고 싶지 않은 것도 보게 되잖아요? 그런데 그렇게 당당히 다른 사람의 얼굴을 볼 수 있을 리…… 없잖아요."

큰일 났다. 왜 그렇게 말했을까. 그런 말을 하고 싶었던 게 아니었다. 말해 봤자 의미도 없고, 이렇게 말하면 다키시마가 기분 나빠 할 텐데.

미술실 분위기가 착 가라앉았다.

'아아, 저질러 버렸어……. 어떡하지!'

나는 고개 숙인 채로 굳어 있을 수밖에 없었다.

"과연. 확실히…… 기사라기의 말대로야."

잠시 후, 가나이 선배가 조용히 입을 열었다.

'어!'

의외의 말에 놀랐는데, 뒤이어 레이라 선배도 고개를

끄덕였다.

"그렇지. 그렇게 생각해 본 적은 없었어. 있잖아, 다키. 그런 것도 보여? 넘어져서 흙투성이가 된다든가, 아이스크림을 너무 많이 먹어서 배탈이 난다든가."

그 말을 들은 다키시마가 풋 웃음을 터뜨렸다.

"뭐예요, 그게. 레이라 선배가 생각하는 재난은 레벨이 너무 낮은데요?"

"그런데 어떤 거야? 무서운 장면도 보이는 거야?"

"네, 늘 그렇죠."

그렇게 대답한 다키시마의 목소리는 오히려 산뜻했다.

사와베가 경직된 목소리로 물었다.

"그거, 힘들지 않아?"

"괜찮아. 운명은 바꿀 수 있으니까."

'쿵.'

힘이 들어간 다키시마의 말에 심장이 크게 요동쳤다. 무심코 고개를 들자, 다키시마와 시선이 마주쳤다. 예쁜 갈색 눈동자가 꿰뚫어 보듯이 나를 보고 있었다. 나는 그만 그 강렬한 시선에 몸이 움츠러들었다.

"그러니까 내일부터 잘 부탁해. 사와베, 기사라기."

다키시마가 느릿하게 말하고는, 입가에 의문스러운 웃음을 지었다.

5

유키

"하아아."

책상에 얼굴을 대고, 깊은 한숨을 쉬었다. 눈앞에 놓인 영어 숙제 프린트에는 아직 손도 대지 않았다.

집에 돌아온 후, 나는 내 방에서 혼자 다키시마의 시선과 말을 다시 떠올렸다.

'정말 미래가 보이는 걸까······. 아니, 그럴 리 없지.'

다키시마는 '얼굴을 보면 미래가 보인다'고 했다. 그 점이 꽤 잘 맞는다고 사와베도 말했지만······.

역시 못 믿겠어. 나처럼 보고 싶지 않은 미래를 보는 힘이 다키시마에게도 있다면, 그렇게 당당할 수 있다는 게 아무래도 이상해.

'운명은 바꿀 수 있으니까.'

하지만 학교에서 돌아오는 길에도 집에 도착한 후에도, 그 말이 머릿속에서 빙글빙글 돌면서 떠나지 않았다.

운명은 바꿀 수 있다……. 확실히 그럴지도 모른다. 하지만 좋은 방향으로 바뀐다고 확신할 수는 없다. 더 나쁘게 바뀔 수도 있다. 아니, 오히려 나쁜 운명은 아무리 발버둥 쳐도 좋은 일로는 절대, 바꿀 수 없지 않을까.

오늘 아침에 꾼 꿈을 떠올리니, 다시 한번 한숨이 나왔다. 꿈에서 본 건 '그때 그 사고'의 한 장면. 거기엔 항상 '유키'가 있다. 내 미래 시력 능력을 누구에게도 말하지 않았다고 했지만…….

사실 한 명에게는 말했다. 어렸을 적 제일 사이가 좋았던 내 친구, 바로 유키였다.

✦

내가 네 살 때 일이었다.

"아, 저 사람. 상자 떨어뜨릴 거야."

유치원 앞마당에 있던 나는 담 너머를 보면서 말했다. 그곳에는 큰 나무 상자를 껴안은 여자가 있었다.

"어?"

땅바닥에 그림을 그리던 유키가 천천히 고개를 들어 여자를 보았다.

"저기, 저 큰 상자. 저거 떨어뜨릴 거야."

나는 여자가 상자를 떨어뜨리는 미래 시력을 보았다.

당연하게도 유키는 내가 뭘 말하는지 몰라서, 멍하니 나를 바라볼 뿐이었다.

"유키는 안 보여?"

나는 쭈뼛거리며 물었다. 이때의 나는 아직 미래 시력이 보이는 게 나뿐이라는 것을 몰랐다.

"뭐가?"

유키는 고개를 갸웃했다. 그때 여자의 손에서 상자가 미끄러져 떨어지면서 쨍강하고 무언가 깨지는 소리가 울려 퍼졌다.

눈을 동그랗게 뜬 유키가 나를 바라보았다. 입술이 약간 떨리고 있었다.

"……어떻게 알았어?"

유키의 얼굴을 보고 나는 그제야 알았다. 미래 시력은 다른 사람에게는 보이지 않는다. 나에게만 보이는 것이다.

'그 사고'에 연결된 미래 시력을 본 것은 그로부터 조금 더 시간이 지난 무렵이었다.

집에서 슈와 TV를 보고 있다가 슈의 얼굴을 보니 갑자기 노이즈가 들리기 시작했다.

공원의 정글짐. 그 꼭대기에서 떨어지는 슈. 머리에서 흐르는 엄청난 피.

병원에서 의사 선생님으로 보이는 흰옷 입은 남자가 엄마와 이야기하고 있다.

"상처는 점점 옅어질 겁니다."

"하지만 평생 남는다는 거죠?"

"그럴 가능성도 있지만, 머리카락으로 가려지는 위치입니다."

"그런 문제가 아니잖아요!"

엄마는 그렇게 말하고 양손에 얼굴을 묻고 울기 시작한다. 머리에 붕대를 감은 슈는 "엄마, 울지 마" 하고 울 것 같은 표정으로 말한다.

그것을 본 나는 "절대 집 밖으로 나가면 안 돼" 하고 슈에게 몇 번이나 말했다. 슈가 떨어지는 소리, 피와 병원, 엄마의 울음소리. 그 모든 것이 너무너무 무서웠다.

세 살이었던 슈는, 내가 말하는 걸 알아들었는지 어쨌는지 방긋 웃으면서 "응" 하고 고개를 끄덕였다.

나는 안심했다. 그래서 자고 일어난 다음 날, 슈의 미래 시력에 대한 건 완전히 잊어버리고 말았다. 다행히 그날 슈는 아침부터 열이 나서 유치원에 가지 못했다.

유키가 집으로 놀러 왔다. 슈는 거실에 깔아 둔 이불에서 자고 있었고, 엄마는 그 옆에서 체온계를 든 채 꾸벅꾸벅 졸고 있었다.

나는 엄마를 깨우면 안 되겠다고 생각하고 유키와 함께 집 근처 놀이터로 향했다. 그리고 유키와 함께 시소, 철봉, 그네를 차례대로 타고 놀았다.

정글짐 꼭대기까지 올라갔을 때 갑자기 슈의 목소리가 들렸다.

"누나야."

당황해서 아래를 내려다보니, 슈가 혼자서 정글짐을 엉금엉금 올라오고 있었다. 그 순간, 미래 시력의 영상이 머릿속으로 지나갔다.

"슈, 안 돼! 멈춰!"

내가 소리쳐도 슈는 멈추지 않았다. 미래 시력에서 본 무서운 광경이 계속 머릿속에 떠올랐다.

"슈! 제발!"

내 목소리는 이제 거의 비명에 가까웠다. 그것을 들은 유키가 슈 쪽으로 손을 뻗었다.

"슈, 안 돼!"

유키는 슈를 말리려고 했을 것이다. 하지만 자기를 향한 손바닥을 보고, 슈는 놀라서 순간 균형을 잃고 말았다.

"안 돼, 슈!"

나는 재빨리 두 손으로 슈의 몸을 붙잡았다, 유키의 손을 밀어내면서.

"유키, 위험해!"

다음 순간, 쿵 하고 종 치는 듯한 소리가 머리를 울렸다.

그 소리는 유키가 땅에 떨어지는 소리였던 걸까. 아니면 돌이킬 수 없는 일을 저질러 버린, 내 머릿속에서 울린 충격의 소리였을까…….

　며칠 후, 머리에 붕대를 감은 유키와 길에서 마주쳤다. 유키는 그때까지도 변함없이 웃는 얼굴로 나를 보고 있었다.

　"유키……."

　'미안해. 미안해. 정말 미안해.'

　유키와 만났을 때 말하려고 몇 번이나 연습했던 그 말이, 목에 탁 걸려 나오지 않았다.

　"상처, 점점 없어질 거래. 머리카락으로 가려지는 곳이라서 다행이라고 엄마가 그랬어."

　그렇게 말하고 유키는 눈썹 위에 손을 얹었다.

　나는 너무 무섭고 죄책감이 든 나머지, 마지막까지 '미안해'라고 말하지 못했다. 그리고 얼마 지나지 않아 유키는 이사 가 버렸다. 아빠의 일 때문이라고 했다.

　마지막으로 만났을 때, 유키는 직접 만든 '부적'을 내게 주었다. 그건 날개 하나가 그려져 있는 플라스틱 판으로, 위쪽으로 뚫린 구멍에 체인이 달려 있었다. 그림을 그린 다음 반으로 자른 거라고 유키가 말했다.

"다음에 다시 만날 때 하나로 합치는 거야. 약속해."

유키는 웃는 얼굴로 또 한 장의 날개가 그려진 부적을 나에게 보여 주며 말했다.

지금도 그 모습을 떠올릴 때마다 가슴이 꾹 눌리는 것처럼 아팠다. 내 잘못으로 유키에게 평생 지워지지 않을 상처를 입혔다. 그리고 끝내 사과하지 못한 채 헤어지고 말았다. '다음'은 오지 않았고, 아마 앞으로도 오지 않을 것이다. 물론 나도 유키를 다치게 하려 했던 것은 아니다. 그건 어쩔 수 없는 사고였다. 그렇게 하지 않았다면 슈가 다쳤을 테니까. 하지만…… 지금도 나는 '그때 그럴 수밖에 없었을까' 하고 가끔 생각해 본다.

내가 한 일은, 잘못된 건지도 모른다. 하지만 무엇이 옳은 것인지 아무리 생각해도 알 수 없었다.

누군가가 다쳐야만 하는 '운명'이었을지도 모르니까.

◆

나는 책상 서랍을 열어 그 안에 잘 넣어 둔 날개 부적을 꺼냈다. 원래는 눈에 잘 띄는 곳에 장식해 두고 싶었지만,

그때 일이 떠오르면 너무 괴로워서 어쩔 수가 없었다.

다른 한쪽 날개를 가지고 있는 유키는 지금 어디에 살고, 어떤 중학생이 되어 있을까. 미래 시력에 대한 것도, 지금의 나는 다른 사람의 얼굴을 똑바로 보지 못한다는 것도, 그리고 나 때문에 유키가 다쳤다는 걸 알게 되면 어떻게 생각할까…….

오늘 만난 사와베랑 가나이 선배, 다키시마, 레이라 선배의 얼굴이 스쳐 지나갔다. 나는 결국 끝까지 그 사람들의 얼굴을 똑바로 바라보지 못했다.

'역시, 동아리에 들어가는 건 그만두자.'

애초에 나는 미술부에 들어갈 자격이 없다. 부장인 레이라 선배의 운명을 알면서도 돕기는커녕, 아무것도 하지 않으려고 했으니까.

오늘 미술부에 갔을 때 아무 미래도 보이지 않았으니까, 지금은 괜찮을 것이다. 하지만 앞으로 점점 친해져서 또다시 그런 내용의 미래 시력이 보인다면…… 대체 나는 어떻게 해야 할까?

다행히 동아리 체험만 하고 가입 신청서는 아직 내지 않았다. 내일 사와베가 권하기 전에 서둘러 집으로 오면

되겠지.

나는 부적을 제자리에 넣으려고 서랍을
열었다.

'어, 이건…….'

문득 부적에 그려진 그림을
자세히 들여다보니, 검은색
선으로 테두리를 그린 후에,
그 위를 꼼꼼히 흰색으로 정
성 들여 칠한 흔적이 보였다.

'이거…… 날개가 아닐지도.'

그렇다. 이 플라스틱 부적을 유키가 내게 줄 때, '날개
그림'이라고는 말하지 않았다.

내가 마음대로 날개라고 생각하고 있는 것뿐, 사실은
전혀 다른 것을 그린 것인지도 모른다.

이 그림은 대체 뭘까. 머릿속에 안개가 낀 것 같았다.
무언가 굉장히 중요한 것을 잊어버리고 있는 것처럼…….

딩동.

"우왓?"

갑자기 들려온 소리에, 깜짝 놀라 벌떡 일어났다. 인터
폰 소리였다.

당황해서 서둘러 부적을 서랍 속에 넣고 거실로 나갔
다. 모니터를 보니 예쁜 소녀가 서 있었다.

'누구지?'

처음 보는 여자아이라 나는 고개를 갸웃했다. 흰 피부

에 커다란 눈. 허리까지 기른 머리는 윤기가 흘렀고, 인형처럼 귀여웠다.

"누구세요?"

통화 버튼을 누르고 내가 말하자, 불안해 보였던 표정이 눈에 띄게 밝아졌다.

"저, 기사라기 씨 댁인가요?"

"그런데요……."

"다카나시 나쓰하라고 합니다. 슈와 같은 반 친구예요."

과연, 슈 친구구나. 초등학교 6학년이라고 하기에는 꽤 성숙하고 야무져 보였다.

"저, 슈 집에 있나요?"

"아뇨, 아직 집에 안 온 것 같은데."

그렇게 대답하고 나는 어둑한 거실을 둘러보았다. 슈는 항상 이 시간쯤엔 소파에 드러누워 게임하곤 했다.

"그럼 내일 다시 올게요. 실례했습니다."

그렇게 말하고 고개를 꾸벅 숙이고는 화면 밖으로 사라졌다.

'무슨 일일까? 꽤 심각한 일인 것 같은데.'

혹시 슈에게 고백하려는 걸까? 아니야, 그럴 리 없지,

하고 고개를 저었다가, 의외로 정말 그런 걸지도 모른다고 다시 생각했다.

옛날에는 '누나, 누나' 하고 내 뒤를 졸졸 따라다녔던 귀여운 슈. 지금은 '미우'라고 내 이름도 막 부르는 데다 태도도 말투도 최악이다. 완전히 건방져졌다.

하지만 그런 성격과 어울리지 않게 슈는 단정한 얼굴의 소년으로 자랐다. 전에 엄마한테 듣기로는 학교에서 꽤 인기 있는 모양이었다.

아까 그 아이도 일부러 집까지 찾아올 정도면, 혹시 슈를 좋아하는 게 아닐까. 수수한 나와는 달리, 슈는 화려한 학교생활을 즐기고 있는 듯했다.

'뭐, 나랑은 상관없지……'

그리고 이제는 정말 숙제를 해야 했다. 몇 번째인지 모를 한숨을 쉬고, 나는 방으로 돌아갔다.

비와 노트

다음 날 방과 후.

동아리 활동 시간이 끝나고, 나는 바로 교실을 뛰쳐나왔다. 뒤에서 나를 부르는 사와베의 목소리가 들렸지만, 뒤돌아보지 않고 달렸다. 이렇게 달아나는 건 정말 싫었지만, 어쩔 수 없었다.

나는 미술부에 들어갈 수 없다.

레이라 선배도 가나이 선배도 좋은 사람 같고, 동아리에 들어가면 재미있을 것 같다고 생각하지만…… 지금까지처럼 누구와도 친해지지 않고, 사람 얼굴도 보지 않고, 혼자서 조용히 지낼 것이다. 그렇게 하기로 결정했다.

사와베와도 거리를 두어야 한다. 이대로 질질 끌다가 친구가 되는 것은 좋지 않았다.

문득 사와베의 웃는 얼굴이 떠올랐다. 혼자 있을 때 말 걸어 주고, 동아리 체험도 권해 주었는데……. 내가 들어가지 않겠다고 하면 실망하겠지.

'하지만 어쩔 수 없어. 이게 나한텐 제일 좋은 방법이니까…….'

"어디 가?"

"꺅!"

갑자기 뒤에서 누가 어깨를 잡는 바람에, 돌아보니 낯익은 얼굴이 보였다.

"다, 다키시마……?"

"아, 이름 기억하고 있었네. 영광이야."

그렇게 말하고 다키시마는 씩 웃었다. 나는 당황해서 시선을 피하고는 뒷걸음질했다.

"나, 이제 집에 가야 해……!"

"어, 미술부는? 안 갈 거야?"

"미안하지만 난 동아리에 들어가지 않으려고. 그럼, 안녕!"

도망치듯 앞의 계단을 내려가려던 그때, 둥글게 무리를 이룬 학생들 속에서 웃음 짓고 있는 여자애의 얼굴이 내 시야에 들어왔다.

'아, 안 돼⋯⋯!'

이미 늦었다. **지지직**거리며 노이즈가 들려왔다. 보고 싶지 않은 내 마음을 비웃듯이 미래 시력이 시작되었다.

집으로 돌아가는 도중, 갑자기 날씨가 바뀌어 엄청난 비가 쏟아진다. 교실에 놔둔 우산이 있는데 학교를 나올 때는 맑았기 때문에 챙기지 않았다.

가방 안에는 같은 그룹의 아이들과 같이하고 있는 교환일기가 들어 있다.

거기에 빼곡하게 채워져 있는 것은 '소녀 모치고메코'라는 캐릭터를 주인공으로 한 네 컷 만화. 그룹의 아이들 모두가 그리는 릴레이 형식으로, 몇 페이지에 걸쳐 이야기가 계속되고 있었다.

"어쩌지⋯⋯!"

집으로 돌아가서 푹 젖은 가방을 열어 노트를 펼쳐 보고 당황한다. 수성펜으로 그린 만화가 물에 젖어 잉크가 번지면

서 보기 흉하게 변해 있다.

다음 날, 노트를 그룹 아이들에게 보여 준다.

"너무해. 이게 뭐야."

"아아, 이래선 그림을 그릴 수가 없잖아."

"모처럼 재미있었는데, 왠지 김빠지네."

이것을 계기로 그룹 멤버들은 뿔뿔이 흩어지고, 노트를 적신 아이는 혼자 지낸다. 결국 학교를 쉬는 날이 계속되고, 나중에는 학교로 돌아오지 않게 된다.

미래 시력이 끝나고, 눈앞에 복도 풍경이 다시 돌아왔다. 미래 시력이 보인 아이는, 다른 여자애 셋과 뭔가 이야기하면서 웃고 있다. 미래 시력에 나온 교환 일기 그룹 같아 보였다.

"혹시…… 봤어?"

"응?"

돌아보니 다키시마가 내 얼굴을 빤히 쳐다보았다.

"보, 보다니, 뭘?"

내 목소리는 떨리고 있었다. 그러자 다키시마는 씩 웃고는 작게 고개를 끄덕였다.

"역시나. 보였지, 지금 저 애의 운명이."

'헉!'

심장이 쿵 떨어지는 것 같았다. 대체 무슨 말을 하는 거지. 설마, 미래 시력에 대한 걸까?

"우, 운명이라니 무슨 말이야?"

두근대는 걸 감추기 위해 가슴에 손을 얹고 말했다.

"어떻게 할래? 내가 대신 도와줄까?"

"어?"

'도와준다……고?'

나는 미래 시력을 보게 될지도 모른다는 위험도 잊고, 다키시마의 얼굴을 멍하니 쳐다보았다.

설마…… 다키시마, 미래 시력에 대해 알고 있는 걸까? 아니야, 그럴 리 없어. 그런 일이 가능할 리가 없는걸.

"무, 무슨 말이야? 전혀 모르겠는데."

다키시마는 눈으로 웃으며 말했다.

"그럼, 내 맘대로 할게. 단, 그걸 보여 주는 데는 조건이 있어."

"조건?"

무슨 말이냐고 물을 틈도 없이, 다키시마는 내 귓가에

입을 가까이 대고 살며시 속삭였다.

"미술부에 들어올 것. 알았지?"

'뭐라고!?'

"자, 잠깐만!"

내 대답을 기다리지도 않고, 다키시마는 고개를 돌렸다. 그 시선의 끝에는 아까 그 여자아이가 속한 그룹이 있었다. 우리 옆을 지나쳐, 계단을 내려가려던 참이었다.

"아, 깜박했다! 오늘 비 온다고 했는데!"

복도를 가득 채울 만큼 큰 소리였다. 놀라서 굳어 버린 나는 신경 쓰지 않고, 다키시마가 계속 말했다.

"우산 가지러 가야겠어! 노트가 또 젖어 버리면 귀찮아지니까!"

그렇게 말하더니 내 팔을 잡고 교실 쪽으로 끌고 갔다.

"뭐, 뭐 하는 거야!"

"잠깐만, 이쪽으로 와."

다키시마는 작은 소리로 속삭이고는 창문 앞에서 갑자기 멈춰 서더니 몸을 내밀고 바깥을 살폈다. 얼떨결에 끌려간 나도 똑같은 자세로 바깥을 보았다.

"확실히 비가 쏟아질 것 같지는 않은 날씨야. 비는 틀림없이 오겠지만……."

다키시마는 혼잣말처럼 말했다. 그 말을 들은 순간, 온몸이 떨려 왔다.

'어째서 이 아이는 비가 온다는 걸, 게다가 오늘 온다는 걸 알고 있는 거지?'

쿵쿵거리며 심장박동이 빨라졌다. 설마…….

다른 사람의 얼굴을 보면, 미래가 보인다.

어제 미술실에서의 대화를 떠올리고 무심코 고개를 좌우로 저었다. 그럴 리가 없다. 미래가 보이는 인간이라니, 나 말고 또 있을 리가 없잖아.

그때 등 뒤로 아까 그 그룹의 여자아이들이 지나가는 게 보였다. 미래 시력으로 봤던 여자아이의 목소리가 들려왔다.

"젖으면 큰일 나니까."

"우리 보물이잖아?"

까르르 웃는 소리에 슬쩍 뒤를 돌아보았다. 그 아이들은 빨려 들어가듯 교실 안으로 사라졌다.

"이제 괜찮아. 저 애도 모치고메코도."

"아!"

다키시마는 나를 보고 만족스럽게 웃었다. 모치고메코……. 그건 저 아이의 미래 시력 내용을 모르면 절대 알 수 없는 말이었다.

'역시 다키시마는 미래 시력의 내용을 아는 건가?'

멍하니 서 있는 내 옆을, 우산을 손에 든 여자아이들이 스쳐 지나갔다.

"말했잖아. '운명은 바꿀 수 있다'고."

다키시마는 그렇게 말하고 의기양양하게 웃었다. 나는 그 얼굴을 정면으로 똑바로 보고 천천히 입을 열었다.

"너…… 뭐야?"

"뭐냐니, 너랑 똑같아."

그렇게 말하고 긴 앞머리에 가려진 눈을 살짝 가늘게 뜨며 말했다.

"미래가 보여."

우산, 같이 쓰자

"기사라기! 여기 있었어? 어, 다키시마랑 같이 있네!"

사와베가 창가에 있던 다키시마와 나를 향해 달려왔다.

"사와베, 잘됐다. 지금 기사라기랑 같이 미술부로 가는 길이었어."

"어, 그래!? 그럼 가입하기로 한 거야?"

사와베는 내 교복 소매를 꽉 잡으며 말했다.

"잘됐다! 혹시 미술부에 같이 들어가기 싫다고 하면 어쩌나 조금 걱정했어. 너무 기뻐, 고마워!"

그렇게 말하고는 사와베는 환하게 웃었다.

"미, 미안해, 사와베. 난 미술부엔……."

"어, 기사라기. 아까 했던 얘기, 설마 잊어버린 건 아니지?"

다키시마가 낮은 목소리로 내 귓가에 속삭였다. 그 차가운 울림에, 등골을 타고 소름이 돋았다.

"아, 그건……."

"자, 가자. 미술실로."

다키시마의 눈이 반짝 빛났다. 그 시선에 붙잡힌 것처럼 몸이 딱딱하게 굳었다.

나는 나도 모르게 "응" 하고 힘없이 대답하고 말았다.

◆

"자, 다시 한번 잘 부탁해. 미우 그리고 유미!"

레이라 선배는 그렇게 말하고 나와 사와베를 꽉 끌어안아 주었다.

미술실에 간 우리는 사와베와 함께 미술부 가입 신청서를 쓰게 되었다. 기쁜 듯 보이는 가나이 선배 옆에서, 만족스럽게 웃고 있는 다키시마. 미래 시력이 보이지 않는다는 건 다행이었지만, 나는 그 얼굴을 무심코 노려보았다.

우선, 아까 그 일부터 확인해야 해.

'너랑 똑같아. 미래가 보여.'

다키시마는 그렇게 말했다.

믿을 수 없지만 다키시마에게도 나와 같은 미래 시력 능력이 있다는 것이다. 만약 그렇다면, 어떻게 하지? 나도 솔직하게 말해야 할까?

하지만 미래 시력에 대해서 말하면, 내가 지금까지 미래 시력을 보고도 아무것도 하지 않았다는 것을 알게 될지도 모른다. 그 사실을 알게 되면 다키시마는 어떤 표정을 지을까…….

"저기, 나 기사라기를 성이 아닌 이름으로 불러도 돼?"

"어?"

갑작스러운 사와베의 말에, 나는 멍한 표정으로 되묻고 말았다.

"나도 이름으로 불러 주면 좋겠어. 괜찮지, 미우?"

……미우.

그렇게 불린 지가 오랜만이라 생소한 느낌이었다. 나는 가슴속이 간질거리는 것을 느끼며 "응" 하고 고개를 끄덕였다.

"잘 부탁해······ 유미."

그렇게 말하자, 사와베, 아니 유미는 기쁜 듯이 미소 지었다.

그 모습을 만족스럽게 지켜보고 있던 다키시마가 문득 레이라 선배 쪽을 돌아봤다.

"그러고 보니, 가나이 선배는 2학년이고 부부장이죠. 설마 3학년은 레이라 선배뿐인가요?"

"맞아, 옛날엔 더 있었어. 여러 사정이 있어서 모두 그만뒀지만."

"부원은 이걸로 전부야."

가나이 선배가 날카로운 어투로 말하자, 다키시마가 고개를 갸웃했다.

"한 사람 더, 2학년이 있는 걸로 아는데요."

"유령 부원은 없는 거나 마찬가지 아닌가?"

레이라 선배가 나직하게 말했다.

"······히사시는 여전히 지바한테 박하네."

아무래도 미술부에 지바라는 2학년 부원이 있는 모양이다.

"자기가 나갔으니 그냥 내버려 두면 되죠. 부장도 점

쉬는 시간마다 녀석을 만나러 가는 건 이제 관두는 게 어때요?"

"난 부장으로서 부원 모두와 재미있게 지내고 싶다고 생각할 뿐이야. 히사시야말로 지바하고 다시 한번 이야기를……."

"말해서 통하는 상대가 아니라는 걸 부장이 제일 잘 알잖아요?"

"그렇다고……!"

"저, 저기 선배들! 진정하세요!"

유미가 당황해서 중간에서 말렸다.

"아, 미안해. 신경 쓰게 해서. 정말 히사시는 고집이 세서 큰일이라니까."

"그것보다 부장, 그렇게 이름을 막 부르는 건 작년에 끝내기로 약속하지 않았나요?"

"어? 그런가? 잊어버렸어."

레이라 선배의 말에, 가나이 선배가 질렸다는 듯 한숨을 쉬었다.

"자, 그럼 다시 새롭게 시작해 보자고! 미술부 활동에 관해 설명할게!"

그렇게 말하고 레이라 선배는 칠판 앞에 서서 손에 분필을 쥐었다.

"미술부 활동은 일주일에 이틀, 화요일하고 금요일이야. 그 외에는 와도 안 와도 상관없어! 고문 선생님이 보러 오지 않으니까 원하는 걸 자유롭게 해도 돼. 그게 미술부야!"

"그렇게 오해할 만한 이야기는 하지 마세요! 축제 때 작품 전시, 포스터 제작, 시립 미술 대회 참가, 사생 대회, 미술관 견학 등등 활동 계획이 꽉 짜여 있다고요!"

"어, 히사시. 그거 다 할 작정이었어?"

"당연하죠. 제가 부부장인 이상, 확실히 활동 실적을 낼 예정이에요."

"그치만 미술부의 기본 방침은 '즐겁게 활동하자'라는 거, 잊지 않았지?"

가나이 선배가 말문이 막힌 것을 보고, 레이라 선배는 씩 웃었다.

"그러니까, 오늘은 내일 친목회에 관해 이야기하자! 히사시, 서기를 맡아!"

"친목회요?"

"그래! 내일 토요일에 가와키타 공원에서 사생 대회가 열립니다! 미술부로서 꼭 참여해야 하는 활동이지!"

가와키타 공원은 시내에 있는 제일 큰 공원을 말한다.

몇 번 가족끼리 꽃구경을 갔던 적이 있지만 최근 몇 년 간은 가 본 적이 없다. 사람이 많은 곳에 가는 게 내키지 않았기 때문이다. 그 이유는 물론…… 미래 시력을 보고 싶지 않으니까.

"그러므로 내일 사생 대회를 겸해서 가와키타 공원에 서 제1회 친목회를 개최하도록 하겠습니다!"

레이라 선배는 검지 세운 손을 높이 치켜들었다.

"제1회라는 말이 왠지 걸리는데요……."

칠판 앞에서 분필을 든 채로 가나이 선배가 뒤돌아보 며 말했지만 레이라 선배는 신경 쓰지 않고 계속해서 말 했다.

"사생 대회는 오전 10시부터 정오까지! 그러니까 공원 정문 앞으로 9시 반까지 도착이야!"

"그 전에 참가 의사를 확인하는 게 먼저 아닐까요?"

"아, 그렇지. 내일 모두 약속 없지?"

레이라 선배의 질문에 모두 고개를 끄덕였다. 적극적

인 태도에 망설일 틈조차 없었다.

"자, 그럼 내일 약속을 대비해서 모두 연락처를 알아 두자! 스마트폰 다 가지고 있지?"

레이라 선배의 말에 모두 스마트폰을 꺼내 들었다. 원칙적으로는 스마트폰을 학교에 가지고 오는 건 금지되어 있지만, 가지고 오지 않는 학생이 오히려 드물었다.

나도 봄방학 때 엄마가 사 줘 가지고 있었다. 하지만 인터넷으로 뭔가를 찾아볼 때 외에는 거의 사용하지 않아 조작하는 데 서툴렀다.

채팅 어플의 아이디를 모두 교환하고 나자, 가나이 선배가 입을 열었다.

"그런데 사생 대회가 끝나면 일정이 어떻게 되죠? 점심은 어떻게 할 거예요?"

"당연히 공원에서 먹는 거지! 미하라시다이 옆에 레스토랑 있잖아. 거기서 먹자!"

미하라시다이는 공원 구석에 있는 언덕 이름이었다. 거기서 시내 풍경을 한눈에 내려다볼 수 있었다.

"하지만 거긴 자물쇠가 한가득 있어서 별로 경관이 좋지 않다고 생각하는데요……."

유미가 눈을 반짝이면서 말했다.

"아, 거기 알아요! 커플들이 하는 그거 말이죠?"

"저기, 미하라시다이의 철망에 자물쇠를 같이 건 커플은 영원히 묶인다는 전설이 있어. 미우는 알고 있어?"

"아니, 몰랐어. 처음 듣는데."

"나, 남자친구가 생기면 꼭 거기서 데이트할 거야! 언제가 될지는 모르겠지만."

"과연, 사와베가 동경하는 장소란 거구나."

"헤헤, 그렇죠. 가나이 선배는 여자친구 없어요?"

"없고, 만들 예정도 없어."

"히사시, 꽤 잘생겼는데 말이야. 아까워라."

"놀리지 마세요."

가나이 선배는 그렇게 말하고 빙글 몸을 돌려 칠판 쪽으로 향했다.

"그럼, 점심 후에는 무엇을 할 예정인가요?"

"물론 해가 질 때까지 노는 거지!"

"하지만 내일 오후에 비가 온다고 하던데……."

"비 오기 전까지만 놀면 되지! 오리배도 있고 운동기구도 있고, 자전거도 빌릴 수 있고, 배드민턴이나 가위바위

보 대회도 있고!"

그때, 내 옆에 있던 유미가 쿡 웃으며 말했다.

"레이라 선배는 재미있는 사람이구나. 나, 너무 좋아."

확실히 재미있고 밝고 멋지고…… 태양처럼 주위를 환하게 밝히는 사람이다. 그 순간, 찌릿하고 가슴 한구석이 아파 왔다. 어제 본 미래 시력의 내용이 머릿속에 다시 떠올랐다.

'만약, 그게 현실이 되었다면…….'

조명 아래 깔린 레이라 선배 몸에 흐르던 피…….

머리가 어질어질했다. 만약 그게 현실에서 일어났다면 지금쯤 레이라 선배는…….

레이라 선배가 말했다.

"그럼 진 사람이 아이스크림 쏘는 거야! 어, 미우, 왜 그래?"

"미우! 안색이 안 좋아 보여, 괜찮아?"

놀란 유미가 가까이에서 내 얼굴을 살폈다. 나는 유미의 얼굴을 똑바로 쳐다볼 수가 없었다.

"미, 미안. 아무것도, 아니야."

나도 모르게 목소리가 떨렸다.

"괜찮은 거야? 보건실에 가서 쉬는 게 어때?"

가나이 선배의 말에, 나는 힘없이 고개를 저었다.

"괜찮아요. 별일 아니에요……. 저, 죄송한데 오늘은 이
만 돌아갈게요."

그렇게 말하고 자리에서 일어나자, 다키시마가 곁으로
다가왔다.

"기사라기, 집이 어디야?"

"어, 사이와이초(幸町)인데……."

다키시마는 아무렇지 않은 듯 내 손을 잡고 말했다.

"같이 가자. 집까지 바래다줄게."

서늘하고 부드러운 다키시마의 손이, 땀이 밴 내 손과 겹쳐졌다.

"괘, 괜찮아. 혼자서 갈 수 있어!"

당황해서 손을 빼려고 했지만, 다키시마는 더 힘주어 잡고는 놓으려 하지 않았다.

"가다가 쓰러지기라도 할 것 같아서 그래. 바래다줄게."

"하지만……."

그때 유미가 힘차게 일어섰다. 그리고 걱정스러운 얼굴로 나를 바라보며 말했다.

"다키시마, 부탁해! 우리 집, 미우네 집하고는 반대 방향이라, 그래 준다면 안심이 될 것 같아."

"나도 부탁할게, 다키."

레이라 선배가 말했다. 조금 전까지와는 다른 조용한 말투였다.

"미우를 잘 지켜 줘."

"정말, 괜찮은 거야?"

다키시마가 계단을 천천히 내려가며 내게 말을 걸었지만 아무 말도 할 수가 없었다.

어째서 이렇게 마음이 흔들리는 걸까. 그동안 미래 시력을 봐도 아무것도 느끼지 않도록 잘해 왔다고 생각했는데…….

나는 눈물이 나올 것 같아서 필사적으로 눈에 힘을 주었다. 레이라 선배의 밝음과 그 다정함. 그것을 보는 것이 참을 수 없을 만큼 힘들었다. 선배를 구할 수 없었던 나 자신의 나약함을 참을 수가 없었다.

"괜찮아. 정말 혼자서 갈 수 있으니까, 이제 가도 돼."

나는 다키시마를 향해 고개를 돌리며 말했다. 울 것 같은 표정을 다키시마에게 보이고 싶지 않았다.

"……괜찮지 않아."

그렇게 말하고 다키시마는 몸을 돌려 나와 마주 섰다. 그리고 빤히 내 얼굴을 바라봤다.

"떠올렸겠지. 레이라 선배가 다칠 뻔했던 운명을."

'어, 어떻게, 그걸……!'

나는 쭈뼛거리며 눈앞에 있는 다키시마의 얼굴을 바라보았다. 계단이 약간 어둑한 탓에 어떤 표정을 짓고 있는지 잘 보이지 않았다.

레이라 선배의 운명……. 그건 곧 '조명 아래 깔리는 것'이라는 내가 어제 본 미래 시력의 내용이겠지.

나 이외에 누구도 알지 못하는 '벌어지지 않은 미래'에 대한 일이다.

'설마…….'

"다키시마, 넌 그걸 알고 있었어?"

"응."

떨리는 목소리로 물어본 나에게 다키시마는 조용히 고개를 끄덕였다.

"그, 그러면, 그때 비상벨을 울린 게……!"

"아, 그다음은 말하지 마. 누가 들을지도 모르니까. 단둘이 이야기할 수 있는 곳으로 가자."

다키시마는 그렇게 말하고 계단을 내려가기 시작했다. 내 속도에 맞춰 주는 것처럼, 천천히.

출구에 도착하자, 눅눅한 공기가 밀려오는 것이 느껴

졌다.

'아, 비다……'

폭포처럼 기세 좋게 지면을 때리는 비. 그것을 본 나는 모치고메코의 미래 시력을 떠올리게 되었다. 다키시마가 말한 것처럼 오늘 일어날 일이었다. 게다가 다키시마는 레이라 선배의 운명까지 알고 있었다. 그렇다는 건 역시, 다키시마는…….

"기사라기, 우산 안 가져왔지?"

다키시마는 그렇게 말하고 우산대에서 크고 검은 우산을 꺼내 들었다.

"교실까지 다시 가는 것도 귀찮으니까 그냥 이거 같이 쓰자."

'뭐라고?!'

그, 그러니까…… 커플들이 하는…… 그런 거!?

"아, 아니야. 반에 다시 갔다 오면 돼."

"그렇게 힘없는 소리로 말해 봤자야. 뭐, 함께 쓰는 게 싫다면 내가 가지고 올게. 사물함에 있지?"

"아니, 괜찮아. 내가 갔다 올게."

"안 돼. 네가 가면 계단에 걸려서 넘어질 거야."

"뭐?"

다키시마가 작게 웃으며 말했다.

"그렇구나. 스스로에 대한 건 보이지 않지, 너도 나도."

운명과 함께

약해진 빗줄기 사이를 나와 다키시마는 같이 우산을 쓰고 걸어갔다.

'이런 모습을 누가 보기라도 하면 뭐라고 할지! 아니, 어쩌면 나인 줄 모를 거야. 반에서 내 이름이나 얼굴을 아는 사람도 없을 테니…….'

나는 힐끗 다키시마의 잘생긴 옆얼굴을 보았다. 유미가 말했던 것처럼 여자아이들에게 인기 있을 것 같다. 제멋대로 심장이 두근거리는 나와는 달리, 다키시마는 침착하고 여유로운 모습이었다.

"기사라기는 미래가 보이게 된 게 언제부터였어?"

내 시선을 느꼈는지 다키시마가 조용히 물어왔다. 쿵, 하고 심장이 떨어지는 느낌이 들었다.

'어떡하지…… 말해도 괜찮을까.'

나는 말해야 하나 말아야 하나 망설였다. 지금까지 유키 말고는 아무에게도 말하지 않았던 미래 시력에 대해서.

다키시마라면 어떤 말을 해도 받아들여 줄지도 모른다. 그런 기대도 조금은 했지만…… 역시 용기가 나지 않았다.

미래 시력을 무시해 온 걸 고백한다면 다키시마가 나를 어떻게 생각할까. 그렇게 생각하니 무서워졌다. 아무 말도 못 하는 나를 보고 다키시마는 조금 고개를 갸웃했다.

"아직 날 못 믿는 거야?"

"그런 게 아니라……."

"괜찮아. 그럼 나부터 말할게."

다키시마는 우산을 들지 않은 손으로 긴 앞머리를 쓸어 올렸다.

"난 어릴 때 작은 사고를 당했어. 그때부터야. 다른 사람의 얼굴을 보면 그 사람에게 일어날 일이 보이게 됐지. 그것도 나쁜 일만."

'역시!'

심장의 고동이 점점 빨라졌다. 다키시마에게도 '보이는' 거다. 나처럼 다른 사람의 미래가……!

"그건 노이즈부터 시작돼. 그 후에 미래의 영상이 머릿속으로 흘러들어 오지. 마치 그게 눈앞에서 일어나는 것처럼 생생한 영상이."

'나랑 똑같아…….'

나는 떨리는 마음을 진정시키기 위해 주먹을 꽉 쥐었다. 다키시마는 차분한 어조로 이야기를 계속했다.

"그리고 영상을 본 다음 날, 그게 현실이 돼."

과연. 다음 날 현실로…… 엉?

"다음 날?"

"그래. 지금까지의 경험으로 보면 보았던 내용은 반드시 다음 날 현실이 되었어."

'다음 날…….'

그랬구나. 모치고메코의 미래 시력, 그걸 다키시마는 '어제' 봤던 것이다. 그래서 다음 날, 즉 오늘 비가 오는 것을 알고 있었다는 거구나.

"기사라기는 달라?"

"응, 난 뒤죽박죽이야. 바로 현실이 되거나, 3일 후에 일어난 적도……."

거기까지 말하고 헉 숨을 들이켰다. 이래선 나도 다키시마와 똑같이 미래가 보인다고 하는 거나 다름없잖아……!

"겨우 마음을 열어 줬구나."

다키시마가 웃으며 말했다. 나는 당황해서 입을 다물었다. 이미 늦었지만.

"기뻐. 계속 같은 힘을 가진 사람을 찾고 있었거든."

'찾고 있었다고?'

나와 같은 힘을 가진 사람이 어딘가에 있으리라고는 생각하지 못했다. 게다가 설마 이렇게 가까이에 있었다니.

"다키시마는 어떻게 내가 같은 힘을 가지고 있다는 걸 알았어?"

"그건 알, 아니 감이랄까."

"감?"

"어제 말했지? 미래가 보인다면 보고 싶지 않은 것도 분명 보일 거라고. 그때 '혹시?' 하고 생각했어. 마치 보고 싶지 않은 것이 보여서 곤란하다고 말하는 것처럼 들렸거든."

그랬구나. 어제부터 다키시마는 눈치챘구나.

"어제 비상벨을 누른 건 나야."

'……!'

이어진 말에 나는 숨을 들이켰다.

"전날 레이라 선배의 미래를 보고 어떻게든 그게 일어나지 않도록 계획을 짰지. 조회 시간에 다른 아이들이 다나가고 나서 체육관에서 제일 먼 3층 계단 구석진 곳에 있는 벨을 울렸어. 그리고 조회가 끝난 후에 교실로 가서 지각한 척했지. 그건 내게도 약간 도박 같은 거였어. 성공한다는 보장이 없었으니까. 손이 다 떨렸었어."

그랬구나……. 레이라 선배는, 다키시마 덕에 목숨을 건졌다. 다키시마는 정해져 있던 운명을 자기 손으로 바꾼 것이다. 용기를 가지고 행동해서.

'멋지다.'

"기사라기는 보면 항상 고개 숙이고 있더라."

그렇게 말하고 다키시마는 나를 보았다. 눈이 마주치자 나는 언제나처럼 고개를 숙였다.

"봐, 이렇게 다른 사람 얼굴 안 보려고 하잖아. 그래서 레이라 선배의 미래도 직전에야 본 거지?"

대답할 수가 없었다. 정말로 그랬으니까.

"직전이었다면 아무것도 할 수 없을 테니까 어쩔 수 없지. 자책할 것 없어."

다키시마는 조용하고 침착하게 계속 말을 이어 갔다. 나는 긴장과 경악과 두려움과 여러 감정이 뒤섞여서 놀랄 수밖에 없었다.

"다키시마는…… 레이라 선배를 도와준 것처럼 지금까지도 계속 다른 사람을 도와 온 거야?"

"보인 걸 전부 행동에 옮기진 않았지. 내가 할 수 있는 만큼은 하려고 하고 있어."

그 말을 듣는 순간 뭔가가 짓누르는 것처럼 가슴이 무거워졌다. 역시 다키시마는 나와는 다르다. 달아나지 않고, 모두의 운명과 정면으로 맞서고 있다.

"기사라기는…… 안 그래?"

다키시마의 말에 몸이 떨려 왔다. 제일 듣고 싶지 않은 말이었다. 하지만 여기까지 말해 버린 이상 더는 속일 수 없었다.

"응. 나는…… '미래 시력'을 봐도 아무것도 하지 않기로 결심했어."

다카시마가 고개를 갸웃했다.

"미래 시력?"

"아, 난 그렇게 부르고 있어. 사람 얼굴을 보면 떠오르는, 그 사람의 미래 말이야."

"미래 시력? 괜찮네, 그 말. 그래, 그렇게 부르자."

다카시마는 그렇게 말하고 고개를 크게 끄덕였다. 그 옆모습에서 빛이 나는 것 같아 나는 멍하니 바라볼 뿐이었다.

"기사라기."

갑자기 다카시마가 내 얼굴 쪽으로 고개를 돌렸다. 그 진지한 표정에 순간 나는 가슴이 두근거렸다.

"바로라고는 말하지 않을게. 하지만 기사라기도 도와줬으면 좋겠어."

"어? 도와달라고?"

"그래. 미래 시력을 써서 정보를 공유하고, 나와 함께 운명을 바꾸는 거야. 둘이서 힘을 합친다면 더 많은 사람의 운명을 바꿀 수 있어, 그렇지?"

"하, 하지만!"

갑자기 그런 말을 하면…… 곤란해.

확실히 다키시마가 레이라 선배를 구한 것은 대단하다고 생각한다. 하지만 항상 잘될 거라는 보장은 없다. 실패할 때도 있을 거다. 다키시마는 무섭지 않은 걸까. 만약 실패하기라도 한다면, 그런 생각은 하지 않는 걸까…….

"그다지 끌리지는 않나 보네."

"……다키시마는 어떻게 그렇게 생각할 수 있어?"

"그렇게라니?"

"그렇게 적극적으로 다른 사람의 운명을 바꾸고 구해주자는 식으로. 나는 못 해…… 무서운걸."

그래. 나는 다키시마와는 다르다. 누군가의 운명을 짊어지다니, 나에게는 불가능한 일이다.

"뭐, 그렇긴 하지. 그렇게 생각하는 것도 이해는 해."

하지만, 하고 다키시마는 말을 이었다.

"난 미래 시력으로 본 불행한 미래가 현실이 되는 걸 바라지 않아. 레이라 선배가 없는 학교라니 생각하고 싶지도 않고."

다키시마는 그렇게 말하고 조금 먼 곳을 바라보았다.

불행한 미래를 실현시키고 싶지 않다……. 물론 나도 그렇게 생각한다. 하지만 같은 마음이라도 어떻게 다키시마와 나는 이렇게나 다를까.

"앞으로도 많은 사람을 돕고 싶어. 가능하면 기사라기와 함께."

심장이 두근거렸다. 다키시마의 말 한마디 한마디가 강력했다. 그 말에서 '운명을 바꾸고 싶다'라는 흔들림 없는 신념이 느껴졌다.

'하지만…….'

역시 난…… 다키시마처럼 생각하고 행동할 수 없다.

"물론 바로 대답하지 않아도 돼. 하지만 한번 생각해 줬으면 좋겠어."

"다, 다키시마. 난…….."

무리야, 하고 말하려는 찰나, 다키시마는 그 말을 가로막는 것처럼 멈추어 섰다.

"오늘 좋았어. 전부터 기사라기와 이야기해 보고 싶다고 생각했거든."

"어?"

깜짝 놀라 나는 무심코 다키시마를 올려다보았다. 그

러자 다키시마가 나를 보고 싱긋 웃었다.

"무척 안심이 돼. 조금 귀찮은 능력을 가진 사람이 나 말고도 있고, 이렇게 만날 수 있게 되었으니까…… 이제 혼자가 아니라는 생각이 들어."

그 맑게 웃는 얼굴이, 내 마음을 따뜻하게 해 주는 것 같았다.

'어째서……'

어째서 다키시마는 나를 탓하지 않는 걸까. 미래 시력을 보아도 아무것도 하지 않은 비겁하고 겁쟁이인 나를…….

어느새, 비는 그쳐 있었다. 다키시마가 우산을 접고, 오른쪽으로 들어가는 갈림길 쪽을 바라보았다.

"우리 집은 여긴데, 기사라기는?"

"아, 난 저쪽 아파트에 살아……."

그렇게 말하고 언덕 위로 보이는 아파트를 가리켰다.

"기분은 어때? 집까지 데려다줄까?"

"으응, 아니야. 이제 괜찮아. ……우산, 씌워 줘서 고마워."

다키시마와 이제까지 같은 우산을 쓰고 왔다는 사실이

갑자기 부끄러워졌다. 지금까지 이야기를 나눈 것도 마치 꿈에서 일어난 일처럼 느껴졌다. 하지만 다키시마는 내 얼굴을 똑바로 바라보고는 딱 잘라 말했다.

"기사라기, 이건 **운명**이야."

"응?"

두근. 심장이 뛰었다. '운명'이라는 강한 단어가 가슴속으로 깊게 꽂히는 것 같았다.

"우리의 만남은, 운명이라고."

나를 바라보는 다키시마의 진지한 눈빛. 그 갈색 눈동

자에 빨려 들어갈 것 같은데, 도저히 눈을 피할 수 없었다.

"그러니까, 이 마음에 대답해 줘."

"응? 마, 마음이라니……."

"답변 기대하고 있을게."

다키시마는 그렇게 말하고 멍하니 서 있는 나를 남겨 놓고 갈림길 저편으로 사라졌다.

무서운 미래 시력

오르막길을 내려가면서 나는 두근두근 뛰는 심장을 애써 억눌렀다.

'이 마음에 대답해 줘.'

그렇게 말하는 다키시마의 진지한 모습을 떠올리자 얼굴이 확 달아올랐다. 결코 사귀자는 말이 아니라는 건 잘 알고 있다. '같이 협동해서 운명을 바꿔 나가자'는 순수한 제안이라는 걸. 그런데도 좀처럼 두근거림이 가라앉지 않았다.

'이 만남이 운명이라는, 그런 말을 하니까 그렇지!'

나는 엉뚱한 생각을 떨치려고 세차게 머리를 흔들었

다. 한번 심호흡하고 나서, 다키시마가 한 말을 떠올렸다.

'미래 시력을 써서, 운명을 바꾸자.'

이제까지 쭉 미래 시력을 무시해 온 내게 지금 와서 가능한 일일까……. 생각하자마자, 머릿속에서 유키가 떠올랐다. 그와 동시에 가슴이 아파 왔다.

'역시…… 안 돼.'

나는 다키시마와 다르다. 미래 시력을 보는 게 무서워서 다른 사람의 얼굴을 보지도 못한다. 약하디약한 인간이라서.

유미와도 모처럼 사이좋아질지 모르지만 이제 미술부에 가는 건 그만둬야겠다. 어쩌다 가입했지만 유령 부원이 있다는 것도 들었으니, 가입만 하고 활동하지 않아도 된다. 그렇게 하면 지금까지와 똑같이 생활할 수 있다.

무거운 발걸음을 끌고 아파트 입구로 향했다. 출입문 앞에 웬 여자아이 한 명이 서 있었다.

'어, 저 아이는…….'

허리까지 닿는 긴 머리에, 인형같이 오밀조밀한 이목구비. 어제 집으로 찾아왔던, 슈와 같은 반 친구인 나쓰하였다. 짐작했던 것보다 늘씬하고 키가 컸다.

"안녕, 나쓰하랬지?"

말을 걸으니, 나쓰하가 흠칫 놀라 뒤를 돌아보았다. 이상한 사람을 본 듯한 표정으로 나를 쳐다봤다. 아, 그렇지. 어제는 인터폰으로만 이야기했을 뿐이니까 나쓰하는 내 얼굴을 모를 것이다.

"갑자기 미안. 난 기사라기 슈의 누나인데……."

"아! 슈 누나세요?"

나쓰하의 표정이 확 밝아졌다.

"또 슈 만나러 왔어?"

미래 시력이 보이지 않는다는 사실에 안심하면서 나는 나쓰하의 예쁜 얼굴을 바라보았다.

"네. 하지만 인터폰을 눌러 봐도 아무도 대답하지 않아서……. 아직 안 온 걸까요?"

"글쎄……. 슈는 네가 만나러 온다는 거 알고 있어?"

"네, 약속했어요, 둘이서 만나기로. 그런데 잊어버린 걸지도……."

그렇게 말하는 나쓰하의 표정이 쓸쓸해 보였다.

"그럼, 같이 들어갈래? 게임하느라 인터폰 소리 못 들었을 수도 있지."

"그래도 괜찮아요? 부탁 드려요!"

약속을 하고도 이틀 연속 만나지 못한다면, 조금 불쌍할 것 같았다. 나는 나쓰하를 데리고 집으로 향했다.

"저, 괜찮으시면 이거 받아 주세요!"

엘리베이터 안에서 나쓰하가 내민 것은 한 장의 사진이었다. 사진을 보니 화려한 옷을 입고 포즈를 취한 나쓰하가 찍혀 있고, 구석에는 '나쓰하'라고 사인 비슷하게 이름이 쓰여 있었다. 귀, 귀여워……!

"이게 뭐야?"

"아, 저 『노엘라』 모델이에요."

"정말? 모델이라고?"

손에 있는 사진을 다시 한번 잘 보니, 사진 구석에 『노엘라』 로고가 박혀 있었다. 아무리 나 같은 아이라도 『노엘라』가 뭔지는 안다. 초등학교 여자아이 대상의 패션 잡지 이름이다. 역시 잡지 모델이었구나……! 그래서 이렇게 예쁘구나.

"아, 고마워! 나 사인 받는 거 처음이야. 설마, 이렇게 유명인을 만날 줄이야……."

"유명인이요? 그렇게 대단하진 않아요."

흥분해서 두근대는 나를 보고, 나쓰하는 쿡 웃으며 말했다.

"하지만 모델 일이 적성에 맞는 것 같아요. 굉장히 재미있게 하고 있어요. 할 수 있다면, 더 오래 해 보고 싶어요."

"응, 힘내! 응원할게. 잡지도 사 볼게."

"정말요? 고맙습니다!"

기쁜 듯한 표정의 나쓰하와 함께, 현관문을 열었다. 걸쇠는 걸려 있지 않았다.

"다녀왔습니다. 슈, 왔지?"

현관에서 외쳤지만 대답이 없었다. 나는 나쓰하에게 들어오라고 손짓하고, 함께 거실로 향했다. 역시나 그곳에는 소파에 드러누워 게임하는 슈가 있었다. 슈는 채팅용 헤드셋을 쓰고 있었는데, 이것 때문에 인터폰 소리를 못 들은 것 같았다.

"슈!"

얼굴을 들려고도 하지 않는 슈를 향해, 나는 성큼성큼 다가갔다.

"시끄럽게, 왜 그래."

귀찮은 듯 말하면서도 슈는 헤드셋을 벗었다. 그리고

내 옆에 있는 나쓰하를 보고 놀라서 눈을 동그랗게 떴다.

"나쓰하? 왜 여기!"

"슈, 내가 말했잖아. 둘이서 하고 싶은 얘기가 있다고."

그렇게 말하는 나쓰하의 목소리는 자신 없는 듯 점점 작아졌다.

"아니, 갑자기 집에 온단 말은 없었잖아! 다음 주라도 괜찮은 거 아니었어?"

"오늘이 아니면 안 된다고 말했잖아!"

"그것보다, 우리 집에 찾아오는 거 누가 보진 않았지?"

"뭐야, 그게. 내가 정말 그렇게 불편해?"

"그런 뜻으로 말한 게 아니잖아!"

'이, 이건……'

꿀꺽 침을 삼켰다. 이 장면은 예전에 만화에서 봤던 사귀는 두 사람이 다투는 장면 같았다.

'두 사람…… 사실 벌써 사귀고 있는 거 아니야?'

아마 그럴 것이다. 아니, 틀림없었다! 일부러 집까지 찾아오다니, 상당히 깊은 사이가 아니면 하기 어려운 일이잖아? 나는 두 사람과 거리를 두기 위해 뒷걸음질로 멀어졌다.

"그, 그럼 너희 둘이서 천천히……."

"기다려, 미우! 데려왔으면 책임져야지!"

"언니는 아무 잘못 없고, 따지고 보면 상관없는 사람이 잖아!"

서로 소리 지르며 싸우는 두 사람을 뒤로하고, 나는 거실에서 도망치듯 빠져나왔다. 내 방으로 들어와 가방을 내려놓고 겨우 한숨을 돌렸다. 사귀는 것도 꽤 힘든 일인가 보다. ……뭐, 나랑은 상관없지만.

'역시 모델이었구나. 멋지다…….'

손에 든 나쓰하의 사진을 다시 한번 보았다. 건강해 보이고 눈에 띄는 예쁜 얼굴이다. 키도 크고 성숙해 보여서 나보다 어리다고 느껴지지 않았다. 나는 가방을 열고 스마트폰을 꺼냈다. 검색창에 '모델 나쓰하'라고 입력해 보았다. 죽 나오는 검색 결과 중에 '『노엘라』 전속 모델 나쓰하'를 클릭했다.

'동영상도 많이 나오네. 인기 있나 봐.'

검색 결과 링크를 타고 가 보니 '『노엘라』 모델 나쓰하에 대하여'라는 게시판 사이트와 연결되었다. 무심코 그것을 눌러 본 나는 바로 후회했다. 거기에 쓰여 있는 것은 진짜인지 가짜인지 모를 소문과 나쓰하에 대한 욕으로 도배되어 있었다. 어느 것도 지금 거실에 있는 나쓰하에 대한 거라고 생각되지 않았다.

'나쓰하는 이런 거 안 보는 걸까……..'

만약 내가 나쓰하라면, 이런 심한 글을 보면…… 다시 일어설 수 없을 정도로 충격에서 헤어나지 못할 것이다. 무거운 기분으로 스마트폰을 그만 보려던 그때, 화면 구석에 보인 글자에 손이 멈췄다.

'유키우사……?'

거기에 올라온 글은 '유키우사에 대해 어떻게 생각해?'라는 타이틀의 게시물이었다. 유키우사. 어제 미술부에서 들었던 점성술계 유튜버.

'미래 예지도 할 수 있다고 가나이 선배가 말했지…….'

약간 흥미가 생겨서 그 게시물을 터치해 들어갔다. 그러자 맨 처음 눈에 들어온 것은…… '이 사람은 진짜야'라는 글이었다.

— 이 사람은 진짜야. '내일의 예언'에 나온 대로 하니까, 중요한 면접에 늦지 않았어.

그 글에 대해서는 '우연이겠지'라거나 '어쩌다 보니 맞은 거다'라는 의견도 많았지만, 그 이상으로 '나도 도움이 됐어' '굉장히 잘 맞아'라는 글도 많았다. '진짜'라는 말에, 미래 시력이 떠올랐다. 하지만 바로 머리를 흔들어 그 생각을 날려 버렸다.

'아무리 그래도 미래 시력이랑은 관계없겠지. 그래도 점이라니…… 어떤 내용일까?'

동영상 사이트에 접속한 후, '유키우사'를 검색했다. 맨 위에 나온 건 **'유키우사의 미래 채널'**이었다.

터치해 들어가자, 이제까지 등록된 동영상 목록이 쭉 나왔다. 제목은 '내일의 예언' '오늘의 한마디' '유키우사 고민 상담방' 등등이었다. '내일의 예언'은 매일 밤 9시에 올라오는 것 같았다.

프로필 영상에는 분홍색 긴 머리 가발에, 토끼 귀 머리띠를 한 여자아이의 모습이 찍혀 있었다. 얼굴은 나비 날개 모양의 가면에 가려져 잘 보이지 않았지만, 분홍색 화려한 원피스 밖으로 보이는 팔다리는 희고 가늘었다. 코멘트란에는 "오늘도 귀여워" "유키우사 사랑해" 등등 팬들의 코멘트로 넘쳐났다.

'정말 인기 있는 사람이구나……'

나는 '내일의 예언'에 등록된 최신 동영상을 터치했다. 배경은 색색의 리본과 깃발로 장식된 흰 벽이었다. 그중에서도 제일 눈에 띄는 것은 도화지에 그려진 흰 토끼 그림이었다. 토끼는 윤곽만 있을 뿐 얼굴은 그려져 있지 않았다.

'유키우사의 심벌마크 같은 건가……?'

그 일러스트가 묘하게 신경 쓰였다. 이거, 왠지 어디서

본 것 같은데……?

더 자세히 보려고 스마트폰을 얼굴에 가까이 가져다 댔을 때, 벽 앞에 앉아 있던 유키우사가 머리 위로 번쩍 양손을 들어 올렸다.

"오늘도 미래로 해피 해피! 유키우사입니다— 뿅뿅!"

'뿅뿅' 구호에 맞춰, 양손의 네 손가락을 접었다 폈다. 역시 토끼 귀처럼 보이려고 하는 거였다. 유키우사의 시그니처 포즈 같았다.

"그럼, 오늘도 유키우사의 '내일의 예언' 시작할게요~!

우선, 최근 소꿉친구가 막 남자친구가 된 당신. 왠지 거짓말을 하게 될 것 같은데요. 솔직하게 말하는 게 최고예요!

다음, 내일 중요한 프레젠테이션이 있는 당신. 준비물은 오늘 밤에 꼭 체크하세요!

중요한 물건을 운반해야 하는 당신, 날씨에 주의하세요. 접이식 우산은 필수! 항상 갖고 다니세요!"

뭔가 조금 이상한 점이다. 별자리나 혈액형으로 보는 게 아니구나.

"그럼, 내일 봐요! 뿅뿅!"

한 번 더 구호를 외친 후 동영상은 끝났다.

'이게 '유키우사'구나.'

과연…… 외모도 목소리도 귀엽고, 인기 있을 만했다. 하지만 역시 이건 '점'이고, 미래 시력과는 관계없어 보였다. 미래 예지는 대단해 보였지만, 아마도 어쩌다 맞은 게 아닐까. 다키시마에게 나와 같은 능력이 있다는 것만으로도 기적 비슷한 거니까. 미래 시력을 볼 수 있는 사람이 그렇게 여러 명 있을 리가 없겠지.

그때, 탁탁 복도를 걷는 소리가 들렸다. 살짝 문을 열자 현관문 닫히는 것이 보였다.

'나쓰하인가?'

자세히 보니, 바로 옆에 슈가 서 있었다. 어쩐지 복잡한 표정이다.

"슈, 나쓰하는 갔어?"

"······미우랑은 상관없잖아."

그렇게 말하고는 픽 고개를 돌려 버렸다.

'붙임성 없는 건 여전하네······.'

그렇게 생각한 순간, **지지직**하고 거슬리는 소리가 났다. 헉하고 숨을 들이켰다. 슈가 나를 향해 몸을 돌리는 것과 동시에, 어두운 커튼이 드리운 것처럼 시야가 까맣게 변했다. 뭔가를 생각할 틈도 없이 영상이 시작되었다.

콘크리트 위에 쓰러져 있는 슈. 그 머리에서 흘러나오는 엄청난 양의 피.

그리고 힘없이 늘어진 손 앞에는 흰 고양이 모양 케이스에 들어 있는 스마트폰이 떨어져 있다.

'······꺄아아아아아아앗! 슈!'

찢어질 듯한 비명과 함께 미래 시력이 끝났다. 눈앞에

는 아무도 없었다.

슈가…….

슈가…… 죽는 거야……!?

10

작전 회의

침착해. 침착해야 해.

지금 막 보았던 미래 시력의 영상을 몇 번이고 머릿속에 떠올리면서 나는 방 안을 빙글빙글 돌기 시작했다. 그건 틀림없이 슈였다. 파란색 티셔츠에 검은 반바지. 그 옷을 입었던 걸 전에 본 적이 있다.

선명한 빨간 피가 머릿속에서 떠나지 않았다. 피의 양이 보통이 아니었다. 그리고 커다란 비명. 나쓰하의 목소리였다. 대체 장소는 어디일까. 나쓰하와 함께 있다면, 학교인가?

하지만 콘크리트 바닥은 어디에나 있다. 게다가 언제

일어날 일일까. 보였던 정보가 너무 적어서, 전혀 짐작이 가지 않았다.

"아아, 어떡해. 이대로라면, 그대로 벌어질 거야!"

잠깐, 나는 미래 시력을 보고도 아무것도 하지 않기로 결심했는데……. 아무리 무서운 내용이어도 레이라 선배의 미래 시력 때처럼, 스스로 아무것도 하지 않기로.

하지만, 하지만! 이번에는 이유가 있다. 다치는 건 슈, 다름 아닌 내 동생이다. 살려야 한다. 꼭 살려야 한다! 하지만 가족은 돕고 다른 사람은 돕지 않는다니, 정말 제멋대로 아닌가.

으아아아아. 하지만 이런 말 하고 있을 때가 아니야! 이대로 아무것도 하지 않으면 완전 후회할 거다. 유키 때보다도 더, 더 후회하게 될 거다.

'어떡해. 어떡하면 좋지……'

우선 슈는 머리에서 피를 흘리고 있었다. 넘어졌나? 아니면 무언가에 머리를 부딪혔을까? 그리고 그 스마트폰은 대체 누구 거지? 우리 가족 것은 아니다. 슈는 스마트폰을 가지고 있지도 않았다. 그렇다면…… 나쓰하?

그럴 수 있다.

나는 방을 뛰쳐나가서 슈의 방문을 두드렸다.

"슈! 좀 대답해 줬으면 하는 게 있는데!"

잠시 후 슈는 귀찮은 듯한 표정으로 문을 열더니, "뭐야" 하며 나를 노려보았다. 또 미래 시력이 보이지 않을까, 하고 얼굴을 빤히 쳐다보았다. 하지만 아무것도 보이지 않았다.

"저기…… 나쓰하, 스마트폰 있어?"

"있는데…… 왜?"

슈는 기분 나쁜 듯 얼굴을 찡그렸다. 나쓰하에 대한 건 말하고 싶지 않은 듯했다.

"그 스마트폰 말이야. 혹시 귀여운 케이스에 들어 있어?
그러니까 고양이 귀 모양 같은……."

"케이스? 그딴 걸 어떻게 일일이 기억해."

"부탁해! 가르쳐 줘, 중요한 일이야!"

내 필사적인 모습에, 슈는 조금 생각하는 듯했다.

"아마도 수첩 같은 거였던 것 같은데."

"무슨 색?"

"파랑. 그런데 이거 지금 해야 하는 얘기야?"

"아, 미안 미안! 그러니까 나쓰하는 모델이지? 오늘 처
음 보고 팬이 되었거든. 그래서 뭘 가지고 다니나 궁금해
서……. 나쓰하, 진짜 귀엽지?"

당황해서 횡설수설하자, 슈는 한숨을 쉬고 문을 다시
닫으려고 했다.

"앗, 잠깐만! 마지막으로 한 가지 더 가르쳐 줘!"

"뭔데."

"어…… 혹시 앞으로 나쓰하랑 둘이서 어디 갈 예정이
야?"

"뭐?"

슈가 질렸다는 듯이 나를 쳐다보았다.

"그나저나 아까부터 왜 그래? 설마, 나쓰하랑 친해지고 싶은 거야?"

"아니, 어, 응! 그래!"

생각지 못한 전개에 나는 기회를 놓치지 않고 얼른 고개를 끄덕였다.

"나쓰하 정말 귀엽지! 아까도 인터넷에 검색해 봤는데…… 아, 나 아까 사인 들어간 사진도 받았어! 이거 레어템 아냐?"

"내일, 가와키타 공원에서 미니농구 시합이 있어."

"내 평생의 보물……. 어? 시합?"

"나쓰하가 응원하러 올 거야. 너도 오면 만날 수 있겠지."

그렇게만 말하고 슈는 문을 탕 닫아 버렸다.

가와키타 공원. 미니농구 시합. 응원.

잠시 멍하니 복도에 서 있다가, 나는 주방으로 향했다. 냉장고 문에 슈가 속한 미니농구 팀 일정표가 붙어 있었다.

'가와키타 공원 체육관, 18일(토), 13시부터 14시!'

내일 토요일, 가와키타 공원. 우연히도 미술부 친목회

와 날짜도 장소도 같았다. 나쓰하도 응원하러 온다는 건 시합이 끝나고 데이트라도 하는 걸까. 혹시 미래 시력 장소는 가와키타 공원?

방으로 돌아와 스마트폰으로 가와키타 공원 사이트에 들어갔다. 150헥타르에 달하는 부지 안에 체육관, 수영장, 뮤직홀까지 있는 큰 공원이다. 지도에는 레이라 선배가 말했던 '미하라시다이'도 있었다.

'콘크리트 바닥은 너무 많아서 어딘지 짐작도 가지 않아……'

주차장이나 자전거 도로뿐만 아니라 공원 내의 여러 공간으로 연결되는 넓은 길도 모두 콘크리트로 포장되어 있었다. 만약 그 장소가 가와키타 공원이라 해도 정확한 장소가 어딘지 도저히 알 방법이 없었다.

적어도 내일 시합 전후 일정을 알 수만 있으면…… 하는 생각에 다시 한번 슈의 방문을 두드렸지만, 슈는 나오지 않았다.

불안한 마음이 점점 더 커져서, 생각을 정리하지 못했는데 밤이 되고 말았다.

저녁 식사 시간에도 슈에게 말을 걸어 보았다. 하지만

나쓰하의 이름을 입 밖에 내는 순간 나를 노려보는 바람에 제대로 말도 붙여 보지 못했다.

'안 돼. 이대로라면 미래 시력이 그대로 현실이 되고 말 거야……!'

나는…… 슈가 걷게 될 무서운 운명을 그저 잠자코 볼 수밖에 없는 걸까…….

'운명…….'

그 단어가 묵직하게 가슴을 누르는 것 같았다. 슈의 운명을 바꾸고 싶다. 하지만 어떻게 해야 할지 모르겠다. 지금까지 미래 시력을 무시해 와서 벌을 받은 걸까. 아니면, 슈 대신 상처 입은 유키의 원한일까……?

'그럴 리가 없는데!'

하지만 몸의 떨림이 멈추지 않았다. 어떡하지. 너무…… 무서워.

눈앞에서 유키가 떨어지는 장면이 다시 떠올랐다.

싫어. 이제 그런 거 보고 싶지 않아. 슈를 지키고 싶다. 이제 절대 누구도 다치게 하고 싶지 않아!

그때, 머릿속에서 다키시마의 말이 울려 퍼졌다.

운명을 바꾸는 거야. 둘이 힘을 합쳐서.

스마트폰의 채팅 어플을 열어서 연락처를 찾았다. 나는 지금까지 누구와도 통화한 적이 없었던 스마트폰을 힘껏 쥐었다.

✦

"······과연."

미래 시력에 대한 것을 이야기하니, 잠깐의 침묵 후에 다키시마가 입을 열었다. 수화기 너머에서도 목소리가 조금 떨리는 것이 느껴졌다.

"그 외에 보인 건?"

"그것 말고는 아무것도. 이럴 때만 미래 시력은 짧게 끝나 버려. 하지만······."

스마트폰을 쥔 손에 힘이 들어갔다.

"내일 가와키타 공원에서 열리는 미니농구 시합에 나가. 거기 나쓰하도 온대."

"집에서 나가는 건 몇 시쯤이야?"

"잘 모르겠지만 아마 오전 중일 거야. 10시 정도 아닐까? 요전 시합 때도 그랬고."

"그래? 사실은 지금이라도 찾아가서 슈를 보고 미래 시력이 보이는지 아닌지 확인하고 싶지만…… 무리겠지."

만약 다키시마가 슈의 얼굴을 보고 나와 같은 내용의 미래 시력이 보인다면 확실히 내일 일어나는 게 맞다. 하지만 벌써 밤 9시가 넘었다. 더 빨리 다키시마에게 연락했더라면 확인할 수 있었을 텐데…….

"미안해. 나, 어떻게 해야 할지 몰라서 우왕좌왕하느라……. 다키시마처럼 침착하다면 좋을 텐데."

그래도, 하고 다키시마가 덧붙였다.

"연락해 줘서 다행이야. 어떻게든 둘이 협력해서 슈를 구하자."

그 말을 듣고 눈물이 나올 뻔했다. 다키시마가 있다고 생각하는 것만으로도 너무 든든했다.

"근데…… 어떻게 하면 좋을까? 슈가 위험한 상황이 되지 않도록 계속 옆에 붙어 있어야 할까?"

"그렇지. 우선은 내일 친목회는 못 간다고 하자. 나는 급한 일, 기사라기는 아프다고 하고."

"응, 알았어."

그렇다. 내일은 미술부 친목회가 있다. 게다가 장소는

가와키타 공원.

"갑자기 둘이서 빠지면 이상하게 생각하지 않을까?"

"슈가 무사한 게 먼저야. 내일은 슈가 집에서 나가는 것과 동시에 미행해서 체육관까지 같이 가자. 난 지금부터 가와키타 공원에 대한 정보 수집을 하고 작전을 생각해 볼게."

"작전?"

"응. 아마…… 아니, 거의 확실히 기사라기의 힘이 필요할 거라고 생각해."

내 힘…….

'아마 미래 시력에 대한 거겠지.'

긴장한 탓인지 몸이 부르르 떨렸다. 하지만 망설이고 있을 때가 아니었다.

"나…… 할래."

불안을 억누르고 확실하게 말했다. 그래, 이렇게 된 이상 할 수밖에 없다.

"좋아. 그럼 내일 슈가 집을 나서면 연락해 줘. 가까이에서 기다리고 있을 테니까."

"알았어. 그럼 내일 봐."

다키시마와 통화를 마치고 스마트폰을 내려놓았다. 손이 계속 떨렸고, 차가워진 몸에는 식은땀이 흘렀다.

옆방에 있는 슈는 지금 뭘 하고 있을까. 자기 운명도 모른 채…….

나는 가슴에 손을 얹고 크게 심호흡을 했다. 내일은 절대 누구도 다치지 않게 할 것이다. 이번에야말로 누구도 희생시키지 않고 슈를 구하는 거야!

운명의 날

토요일 아침.

나는 아직 어두운 방 안에서 눈을 떴다. 어제 밤새 쏟아진 비가 창문을 두드려 시끄러웠지만, 잠을 설친 이유는 물론 그 때문만은 아니었다.

10시가 넘었을 무렵, 슈가 방에서 나가는 소리가 들렸다. 나도 당황해서 거실로 나갔다.

슈가 입은 옷을 보고 갑자기 숨이 턱 막혔다. 파란 티셔츠에 검은 반바지……. 어제 미래 시력에서 본 것과 똑같은 옷이었다. 물론 아직 확실한 건 아니었지만 어제 본 미래 시력이 실현되는 건 오늘일 가능성이 컸다. 나는 바로 다키시마에게 메시지를 보냈다.

— 슈가 입은 옷, 미래 시력이랑 똑같았어.

— 그렇구나. 역시 오늘 벌어질 거라고 생각하고 행동하는 게 좋겠어.

— 지금 아파트 앞이야. 입구 옆에서 기다릴게.

나는 스마트폰을 주머니에 넣고 슈의 등에 대고 말을 걸었다.

"슈."

운동화를 신던 슈는 내 쪽을 보지도 않고 "갔다 올게" 하고 말했다.

"잘 갔다 와. 저기, 응원하러 갈게."

슈는 아무 말도 하지 않았다. 그리고 그대로 문을 열고 밖으로 나갔다. 나는 바로 다키시마에게 연락한 뒤, 그대로 슈를 뒤쫓듯이 집을 나섰다.

'제발…… 제발! 오늘이 무사히 지나가게 해 주세요!'

"안녕, 기사라기."

아파트 입구를 나가자, 바로 옆에서 누가 인사해 왔다.

다키시마였다.

"아, 안녕."

그 순간, 가슴이 떨렸다. 다키시마는 교복이 아닌 사복
차림이었다.

회색 후드티 모자를 청재킷 위로 꺼내 입고, 검은 스키
니진에 검은 운동화를 신은 모습.

모든 게 잘 어울렸다. 신경 써서 입고 왔다는 느낌도,
옷이 너무 튀는 느낌도 없었다. 무척 자연스러우면서도
멋있었다.

'다키시마, 엄청 멋쟁이잖아!'

다키시마의 사복 차림을 멍하니 쳐다보다가, 그 발치에 있는 캐리어에 눈길이 갔다. 천 소재의 작은 캐리어로, 등에 맬 수도 있는 디자인이었다.

"다키시마, 그건 뭐야?"

"아, 이거? 이건 뭐랄까. 최종 병기 비슷한 거야."

"최종 병기?"

"뭐, 신경 쓰지 마. 그것보다 빨리 슈를 쫓아가야 해."

맞다. 지금은 얼이 빠져 있어서도 사소한 것에 신경 쓰고 있어서도 안 되었다. 슈를 지켜야 했다.

나는 캐리어를 끄는 다키시마와 함께 오르막길을 달려갔다.

◆

가와키타 공원 체육관.

나와 다키시마는 2층 통로에서 시합을 보고 있었다. 난간을 두 손으로 꽉 잡고 슈를 계속 눈으로 쫓았다. 흰 바탕에 파란 줄무늬가 들어간 유니폼이 슈가 속한 팀이었고, 상대 팀은 검은색에 오렌지 줄무늬 유니폼이었다.

6학년인 슈는 다른 선수들보다 키가 훌쩍 컸다. 반바지 아랫단이 무릎 아래에서 팔랑거리는 작은 아이도 있었기 때문에 단연 눈에 띄었다.

생각해 보면 슈의 미니농구 시합을 보는 것은 이번이 처음이었다.

"아, 심판 못 봤네, 지금 거."

"어?"

옆에 서 있던 다키시마는 코트에서 눈을 떼지 않고 말했다.

"검정팀 6번 선수, 상대팀 제한 구역에 3초 이상 머물렀어. 바이올레이션이니까 지적할 거라고 생각했는데. 심판이 못 봤나 봐."

"바이오, 뭐?"

"반칙 말이야. 기사라기, 미니농구 규칙은 알아?"

"응? 뭐, 일반 농구라면 대충 알긴 하는데……."

"그럼 일반 농구랑 미니농구의 차이점이 뭐라고 생각해?"

"음, 공이 작은 거랑 골대가 작은 것 정도 아냐?"

"그것도 있지만 미니농구는 백패스나 3점슛, 8초룰이

없거든. 그 외에도 약간씩 달라."

과연…… 전혀 몰랐다.

"다키시마는 잘 아는구나. 전에 해 본 적 있어?"

"뭐, 초등학교 때 조금."

다키시마가 말하는 것과 동시에 와, 하는 함성이 터졌다. 나쓰하의 목소리도 섞여 있었다. 구석진 곳에서 혼자 슈를 응원하고 있었다.

"좋아. 밖으로 나가자. 작전 개시야."

"어, 벌써? 슈 계속 보지 않아도 돼?"

"미래 시력에 따르면 시합 중에는 안전할 것 같으니까."

확실히 미래 시력으로 보았던 슈는 유니폼을 입고 있지 않았다.

다키시마와 나는 슬쩍 체육관을 나와 그 앞에 있는 넓은 잔디밭으로 향했다.

가와키타 공원은 이 잔디밭을 중심으로 몇 개의 구역으로 나뉘었다. 미술부가 참가하는 사생 대회가 열리는 곳은 동쪽 정문 근처의 호수 주변이고, 우리가 있던 체육관은 공원 북쪽에 있었다.

"미술부 선배들이랑 갑자기 마주치는 거 아닌지 몰라."

"괜찮아. 점심 먹은 다음 호수에서 보트 타고, 그다음엔 자전거 탈 예정이니까 이쪽으로 오지는 않을 거야."

다키시마는 많은 가족과 커플들이 돗자리를 깔고 앉아 있는 커다란 나무 그늘에 멈춰 섰다.

"좋아. 그럼, 이 근처부터 시작해 보자."

"어? 어……."

그리고 나는 떨리는 주먹을 꽉 쥐었다.

이곳으로 오면서, 다키시마는 내게 어젯밤에 생각해 두었다는 '작전'에 대해 이야기해 주었다. 그 작전이란, 내가 공원에 있는 사람들의 얼굴을 보고 '슈의 미래 시력과 연결되는 사람을 보는 것'. 즉, 슈의 미래 시력을 풀기 위한 힌트를 찾는 것이다.

예를 들어, 슈가 다치는 것을 본 사람들은 '비참한 장면을 목격한다'는 것 자체가 '재난'이 된다. 그렇기 때문에 그 '목격'을 미래 시력으로 볼 수 있을지도 모른다.

어쩌면 슈가 예상치 못한 사건으로 다치게 되는 장면도 볼 수 있겠지…….

슈가 왜, 어떻게 다치게 되는지. 그 대답을 구하기 위해, 어쨌든 많은 사람의 미래 시력을 볼 필요가 있다고 다키시마는 말했다. 이것은 바로 직전에 일어날 일도 볼 수 있는 나만이 할 수 있는 도전이었다.

'괘, 괜찮아. 슈를 살리기 위해 각오 단단히 하고 왔으니까. 이제 무섭지 않아……'

나는 침을 꿀꺽 삼키고 쭈뼛쭈뼛 고개를 들었다. 눈앞에 작은 아이가 있었다. 비눗방울 놀이를 하고 있는 세 살 정도 된 아이였다.

'좋아. 우선 이 아이부터……'

재미있다는 듯 웃으면서 뛰어다니는 그 아이의 얼굴을 쓱 보았다. 하지만 그 순간, 저절로 고개가 움직이면서 시선이 잔디밭 쪽으로 내려가고 말았다. 마치 얼굴 보는 일에서 도망치는 것처럼.

'왜……!?'

놀랐지만 그 이유를 금방 알 수 있었다. 다른 사람의 얼굴을 보지 않는 것이 완전히 습관이 된 것이다.

"왜 그래?"

아래를 내려다보며 굳어 있는 내 옆으로 다키시마가 다가왔다.

"다키시마…… 나……."

"못 하겠다고 생각하지 마."

숨을 못 쉬는 내게 강하면서도 따뜻한 목소리로 말했다.

"못 하겠다고 생각하면, 아무것도 할 수 없어. 중요한 건 마음이야."

"마음……?"

"내가 무엇을 하고 싶은지. 오늘 여기 온 건 무엇 때문인지……. 그걸 다시 떠올려 봐."

'내가 무엇을 하고 싶은지…….'

물론…… 슈를 살리고 싶었다. 하지만 '다른 사람의 얼굴을 보는' 것뿐인 일이, 내게는 너무나 어려웠다. 아무리 살리고 싶다는 마음이 강해도 두려움이 앞서서…… 아무래도 고개를 들 수가 없었다.

"무섭다는 마음은 이해해. 나도, 옛날에는 그랬어."

"어? 다키시마도……?"

나는 놀라서 다키시마를 올려다보았다.

"하지만 두려움에 지면 아무것도 할 수 없어. 아무것도 하지 않으면 내가 잘할 수 있는 것도 할 수 없고. 기사라기

를 묶어 두고 있는 건, '난 못 해'라고 생각하는 그 마음이
야."

바로 눈앞에 있는 다키시마의 얼굴. 그 큰 눈이 빤히 나
를 바라보고 있었다.

"강하게 마음먹으면 못 할 건 없어. 괜찮아. 기사라기라
면 할 수 있어."

"하지만 나……."

그때, 등 뒤에서 여자의 비명 소리가 들렸다.

"린, 위험해!"

흠칫 놀라 주변을 둘러보니, 아까 그 비눗방울 여자애
가 잔디밭 위를 달려가는 광경이 보였다.

앗, 하는 사이 이미 늦어 버렸다. 여자아이는 튀어나온
나무뿌리에 걸려 기세 좋게 넘어지고 말았다.

아이의 엄마처럼 보이는 여자가 큰 소리로 울기 시작
한 아이를 당황하며 안아 들었다. 새파랗게 질려 있는 아
이의 얼굴을 자세히 보니 그 작은 이마에서 빨간 피가 흐
르고 있었다. 그 자리에서 움직일 수 없었던 내 몸에, 그
여자아이의 커다란 울음소리가 화살처럼 날아와 꽂혔다.

'아까 얼굴을 똑바로 봤더라면…….'

지금 벌어진 일을 미래 시력으로 보았을지도 모른다. 그랬으면 주의라도 줬을 텐데. 넘어져서 다치지 않을 수도 있었다. 저 아이가 다친 것은 내가 겁쟁이라서 그런 거다…….

큰 소리로 계속 우는 여자아이를 보면서, 나는 유키를 떠올렸다. 떨어지는 유키의 모습. 손안에 느껴지는 슈의 체온. 그 모든 것이 내 몸을 — 마음을 단단하고 차가운 돌처럼 만들어 버리고 말았다.

"기사라기?"

갑자기 눈앞으로 다키시마가 다가와서 깜짝 놀랐다.

"왜 그래?"

"다키시마. 나……."

지금까지 누구에게도 말할 수 없었던 옛 기억. 지금의 나를 만들어 낸, 괴로운 추억.

걱정스러워하는 다키시마의 눈을 바라보며 나는 결심했다. 내가 이렇게까지 겁쟁이가 되어 버린 이유, 유키에 대한 일을 이야기하기로.

"실은…… 어렸을 때도 본 적이 있어. 슈가 다치는 미래 시력을."

굳게 다물고 있던 입을 간신히 열고 이야기를 시작했다.

"슈는 가까스로 구할 수 있었지만 그 대신, 소중한 친구를 다치게 해 버렸어."

그렇게 나는 유키에 대한 일을 다키시마에게 이야기했다. 이마에 지워지지 않는 상처를 입혔다는 것, 마지막까지 사과할 수 없었다는 것. 지금도 가끔 꿈에 나올 정도로 후회하고 있다는 것. 또 똑같은 일이 벌어지는 것이 두려워서 미래 시력을…… 다른 사람의 얼굴을 볼 수 없게 되었다는 것.

"그러니까, 못 하겠어. 무서워서 다른 사람의 얼굴을 똑바로 볼 수가 없어. 머리로는 해야 한다는 걸 알고 있는데, 어떻게 해도 몸이 내 말을 안 들어……."

실제로 내 무릎은 부들부들 떨렸다. 봐야 한다고 생각하면 할수록, 가슴속에서 두려움이 부풀어 올랐다. 미래 시력을 써서 운명을 바꾼다는 건 역시 내게는 무리한 일이다. 누군가를 구할 수 없다. 지금까지 그랬던 것처럼, 앞으로도 그럴 것이다.

다키시마는 잠시 아무 말도 하지 않았다. 내게 실망해

서 해 줄 말이 없는 건지도 몰랐다. 나는 눈가에 맺힌 눈물을 손가락으로 닦아 내며 체육관 쪽을 돌아보았다.

"오늘은 슈를 나쓰하와 만나지 못하게 하고, 그냥 돌아가자. 나쓰하에게는 미안하지만 그러면 아마……."

"아니, 아직이야. 아직 할 수 있어."

'뭐?'

다키시마의 강한 목소리에, 그의 얼굴을 빤히 바라보았다.

"이리 와. 이번엔 내가 비밀을 털어놓을 차례야."

"다키시마의…… 비밀?"

"그래. 최종 병기가 등장할 차례야."

그렇게 말하고 다키시마는 내 손을 잡고 걷기 시작했다.

'최종 병기라니……. 그 캐리어에 든 걸 말하는 건가? 그보다 비밀이라니 대체?'

걸으면서 흠칫 놀랐다. 다키시마와 내가 손을 잡고 있었다.

예전에도 이렇게 손이 잡힌 적이 있었지만, 그때는 부모가 아이의 손을 잡고 가는 듯한 느낌이었다. 하지만 이번엔 그때보다 더 깊게, 다키시마의 손가락이 내 손가락

사이로 얽혀 들어왔다. 왠지 가슴이 두근두근해졌다.

다키시마는 우선 체육관 앞의 코인로커에서 캐리어를 꺼내 들고 공원 구석의 화장실로 향했다. 뒤쪽으로 돌아가자 수풀 사이로 몸을 숨기듯이 그 자리에 앉았다.

"지금부터 긴급 생방송을 시작할 거야."

"어? 생방송?"

갑자기 알 수 없는 말을 꺼내는 다키시마를 나는 고개를 갸웃하며 바라보았다. 그러자 다키시마는 내게 얼굴을 가까이 대더니 내 귀에 속삭였다.

"유키우사는 바로 나야."

다키시마의 비밀

다키시마의 얼굴을 보고 나는 잠깐 할 말을 잃었다.

'유키우사가 다키시마?'

무슨 말인지 모르겠어. 유키우사는 여자앤데, 다키시마는 남자고. 어, 잠깐. 다키시마, 설마 여자였어? 아니, 아니. 그럴 리가 없지…….

"직접 보여 주는 게 좋겠네."

다키시마는 주변을 주의 깊게 살폈다. 그리고 캐리어를 열었다. 그 안에 든 것을 보고 나는 탄성을 질렀다.

"다키시마, 이건!"

화려한 분홍색 원피스였다. 전에도 본 적 있었다. 이

건…….

"설마, 유키우사의?"

"맞아. 유키우사 의상이야. 하지만 가면하고 소도구는 새걸로 준비했어. 여동생이 유키우사랑 완전히 똑같은 모습이면 이상하니까."

"여동생?"

"응."

다키시마는 고개를 끄덕이고 좌우로 펼친 천사 날개 같은 흰 가면을 꺼냈다.

"기사라기는 지금부터 유키우사의 여동생, '**미미후와**'가 돼 줘야겠어."

'뭐?'

엄청 진지한 얼굴로 말하는 다키시마를 보고 나는 넋을 잃었다. 어…… 지금 뭐라고 한 거지?

"설정은 미리 생각해 뒀어. 유키우사의 여동생이고 점성술 수련 중. 구호는 '후와포요'. 포즈는 이거야."

다키시마는 그렇게 말하고는 양손을 얼굴 옆에 대고 날개처럼 파닥여 보였다. 진지한 얼굴로.

"아니, 아니. 잠깐만! 처음부터 차근차근 설명 좀 해 줘.

우선 유키우사가 다키시마라는 건 농담이지?"

"진짜야. 이걸 보고도 그렇게 생각해?"

다키시마는 분홍색 의상을 가리켰다.

"하지만 어떻게 된 거야. 이거, 산 거야?"

"누나가 만들어 줬어. 의상 전문학교 학생이라, 자주 마네킹 대용이 되었지."

아, 다키시마한테 누나가 있었구나……. 아니, 그건 둘째 치고.

"하지만 이거 여자 옷이잖아? 유키우사는 여자애고. 다키시마가 여자는…… 아니지?"

불안한 표정으로 묻는 나를 보고 다키시마는 웃음을 터뜨렸다.

"확실히 난 남자야. 그러니까…… 여장하고 동영상을 찍었지. 목소리는 나중에 가공한 거고."

"엇……."

순간, 사고가 정지했다. 지금 '여장'이라고 한 거 맞나? 여장이라니…… 여자 옷 입는 그거? 그렇다는 건…… 진짜 **'여장'**?

'……뭐어어어어!? 여, 여장!? 다키시마가?'

"미래 시력으로 본 걸 유키우사의 '예언'이라고 방송했다는 말이야. 다른 사람에게 꽤 도움 되는 일이라고 생각하는데……."

눈만 깜빡거리는 나를 보고 시선을 피하는 다키시마의 얼굴이 조금 붉어졌다. 즉, 다키시마는 '유키우사'의 모습으로 점을 치고, 미래 시력으로 본 운명을 바꾸려 했다는 말인가?

"그럼, 작년에 유키우사가 했다던 대설 예보! 그것도 다키시마가 미래 시력으로!?"

"맞아. 이사 오기 전, 이쪽에 올 일이 마침 있었거든. 그때 그 체육관 옆에 살고 있던 사람의 미래 시력을 봤어. 모치고메코도 그저께 '내일의 예언'에서 경고했는데 그 아이는 시청자가 아니었나 봐."

그러고 보니 말했을 수도!

"중요한 물건을 운반하는 당신, 접이식 우산을 항상 가지고 다닐 것."

중요한 게 그 교환 일기였어!

"하지만 어째서 여장?"

"그건…… 그편이 정체를 들키지 않을 테고, 인기도 오를 것 같아서. 많이 보지 않으면 의미가 없으니까."

다키시마는 그렇게 말하면서 시선 둘 곳을 찾지 못해 어쩔 줄을 몰라 했다.

'다키시마가 여장…….'

너무나 충격적이어서 아직도 믿을 수가 없었다. 아니, 정말 다키시마라고?

성실하고 머리 좋고 멋지지만, 가끔은 생기 없는 인형처럼 느껴질 정도로 감정을 표정으로 내보이지 않던 다키시마인데? 그 다키시마가 여장을 하고 '뿅뿅'을 외쳤다고!? 전혀 상상이 가지 않았다.

"이상하다고 생각해?"

다키시마의 목소리에 정신을 차렸다. 그 얼굴은 언제나처럼 냉랭한 표정으로 돌아와 있었다.

"여장까지 하고 동영상 찍는 거 말이야. 이상하다고 생각해?"

그렇게 말하며 내 눈을 바라봤다. 마치 노려보는 것처럼 강한 눈빛이었다.

'다키시마의 이런 표정, 처음 봤어……. 화가 난 걸까?'

아니, 뭔가 말로 설명할 수 없는 강한 마음을 표정 너머로 감추고 있는 것처럼 보였다.

"그렇게 생각하지 않아."

나는 잘라 말하고 고개를 저었다.

"놀라긴 했지만. 다키시마가 여장을 하다니 상상도 못했으니까. 하지만 이상하다고는 생각하지 않아. 그렇게까지 한다는 건…… 뭔가 이유가 있는 거지?"

그 말에 다키시마의 표정이 누그러진 것처럼 보였다.

그렇다. 다키시마의 행동에 의미가 없을 리 없었다. 반드시 무언가 이유가 있을 것이다. 여장을 하면서까지 '유키우사'로서 생방송을 계속해야만 하는 이유.

"응, 있어. 이유."

다키시마는 조용히 고개를 끄덕였다.

"미래 시력이 보이게 된 것은 예전에 당했던 사고 때문이라고 말했지? 나는 사고를 당한 것도 이 능력을 갖게 된 것도 '재난'이라고 생각하지 않아. 나에게 이 미래 시력 능력은…… 어떤 사람과의 끈 그 자체야."

"어떤 사람……?"

"그 사고와 관련된 사람이야."

거기까지 말하고 다키시마는 가만히 나를 바라보았다.

"내가 '유키우사'로 계속 활동하고 있는 건…… 그 사람이 알아 줬으면 하는 마음 때문이야. 유키우사의 정체가 나라는 것을 알면, 내 힘에 관한 것도 눈치채겠지. 유키우사라는 이름도 배경에 그려진 토끼 그림도…… 나와 연결되는 힌트야."

"토끼……."

그 말을 들은 순간, 두근거리며 심장이 뛰기 시작했다. 뭔가 떠오를 것 같았는데…… 잡으려 하면 훅 사라져 버렸다.

'토끼…… 유키우사…….'

가만히 생각에 잠긴 내게 다키시마가 말했다.

"유키우사는 내 이름 '유키토(幸都)'에서 따온 거야. 토
끼를 우사기라고 발음하지만, 한자로 쓰면 '토(兎)'라고 읽
으니까. 유키우사, 유키우사기."

그랬구나. 그래서 '유키우사'였구나. 속이 조금 시원해
졌다. 하지만 이름에 관한 것이 아니었다. 내가 생각한 건,
다른 무언가였다.

'뭐지. 생각날 것도 같은데…….'

"나는, 그 사람이 알아 줬으면 해."

다키시마는 거기서 말을 끊고 다시 나를 조용히 바라
보았다. 마음이 담긴, 강렬한 시선이 느껴졌다.

"그 사고를 계기로, 내 삶의 방식이 어떻게 바뀌었는
지…… 그 사고로 얻은 것을 어떻게 살리고 있는지."

'그렇구나. 그랬던 거야.'

성실한 다키시마가 여장까지 하면서 동영상을 찍는 이
유. 거기에는 다키시마의 사고에 관련된 '어떤 사람'의 존
재가 있었다.

"다키시마는…… 그 사람을 소중하게 생각하는구나."

"응. 무척 소중한 사람이야."

망설임 없이 대답하는 다키시마를 보니 가슴이 쿡 아파 왔다.

그 사람, 어떤 사람일까. 몇 살일까? 여자일까? 그런 것들을 생각할 때가 아닌데, 가슴속에서 이런저런 생각이 뭉게뭉게 피어올랐다.

그러자 다키시마가 씩 웃었다.

"그러니까, 그 사람을 위해서도 오늘 방송을 성공시키고 싶어. 하지만 나 혼자서는 무리야. 기사라기의 힘이 필요해."

"어?"

갑작스럽게 내 이름이 불리자 가슴이 덜컹했다.

"이걸 입고 '미미후와'로 변신하는 거야."

다키시마는 그렇게 말하고는 분홍색 의상을 가리켰다.

"이걸 입으라고?"

그러고 보니, 아까 그런 말을 했던 것 같기도……. 아니, 잠깐만!

"왜 내가 이걸 입어야 해!? 이거 유키우사…… 다키시마의 의상이잖아?"

"내가 유키우사로 출연하면 좋긴 한데, 생방송에선 목소리 가공이 힘들잖아. 그러니까 기사라기가 미미후와가 되어 줄 필요가 있어."

목소리 가공이라……. 아니, 아니! 무슨 말인지 모르겠어!

"왜 동영상을 찍자는 거야? 그것도 라이브로?"

"생방송을 진행하는 건 실제로 유키우사 채널에서 방송하는 걸로, 미미후와가 유키우사의 관계자라고 사람들이 믿기를 바라기 때문이야. 미미후와라는 새로운 캐릭터는 명백하게 의심을 사기 쉬우니까."

"맞아! 그 '미미후와'란 건 대체 뭐야? 아까 여동생 역이라고 하긴 했지만……."

"유키우사 밑에서 점치는 걸 배우고 있는 설정의 캐릭터야. 동영상 타이틀은 '미미후와의 돌격 점성술 수련'. 기사라기는 미미후와로 변신해서, 여기 있는 사람들의 미래를 보는 거야."

"미미후와가 되어서!?"

순간 숨이 막혔다. '미미후와' 어쩌고 하는 걸로 변하는 것도 무리인데, 게다가 미래 시력을 봐야 한다니……!

"무리야! 절대, 절대 무리라고!"

"아니, 할 수 있어. 네가 그걸 입은 순간, 미미후와가 되는 거야. 미미후와에게 무서운 건 없어. 그러니까 사람들의 얼굴을 당당하게 볼 수 있고, 미래 시력도 더 잘 볼 수 있을 거야."

"그런 거, 다키시마가 생각한 설정이잖아? 그걸 입어도 나는 나야. 그렇게 간단하게 바뀔 리가 없잖아!"

"괜찮아. 나도 유키우사가 되면서 변할 수 있었어. 그러니까 믿어 줘. 기사라기는 틀림없이 변할 수 있어. 슈를 살리기 위해서 말이야."

"하지만!"

나도 할 수만 있다면 다키시마가 말하는 대로 하고 싶었다. '기사라기 미우'로 있는 것보다 '미미후와'가 되어야 다른 사람의 얼굴을 당당하게 바라볼 수 있을 것이다. 확실히 그럴지도 모른다는 생각이 들었다.

하지만 이건 너무 갑작스럽잖아. 마음의 준비도 전혀 안 했는데!

"아까도 말했지만, 할 수 없다고 생각하니까 안 되는 거야. 그렇게 생각하면 나중에 아무리 간단한 일도 할 수 없게 돼.”

“그치만 실제로 나는 아무것도 할 수 없었는걸. 유키 때도 레이라 선배 때도…….”

“이미 지나간 일이야. 지금 뭘 할 것인가가 중요해.”

“하지만! 만약 실패하기라도 하면…….”

“그런 생각이 드는 거 어쩔 수 없다는 거 알아. 하지만 실패를 무서워하면서 아무것도 하지 않기로 선택하는 순간, 실패하는 거나 마찬가지야. 나도 유키우사가 되고 나서야 알았어. ‘할 수 없다’는 건 ‘하지 않기’ 때문이라는 걸.”

‘……!’

그 말을 들으니 마치 뺨을 한 대 맞은 것 같았다.

‘할 수 없다는 건, 하지 않기 때문에.’

“그러니까, 우선은 해 보는 거야. 그렇게 하면 아마 무서움을 느낄 틈도 없어질걸.”

그렇구나. 나는 지금까지…… ‘해 보는’ 것조차 하지 않았다. 유키에게 일어났던 일을 이유로 들면서. 유키에 대한 추억을 빌미로 두려움에서 도망치려고 했다. 얼마나 이기적인가.

"기사라기, 우리는 운명 공동체야."

"운명…… 공동체?"

"맞아. 결과가 어찌 되든, 그건 우리 둘이 만든 미래야. 실패해도, 그건 기사라기만의 잘못이 아니야. 그러니까 기쁨도 슬픔도 두려움도…… 전부 둘이서 나누자."

그렇게 말하는 다키시마의 목소리는 따뜻하고 다정했다. 그 다정함이 내 마음을 부드럽게 만져주는 것 같았다.

'둘이서 나눈다.'

그렇다. 지금은 혼자가 아니다. 어떤 일이 일어나든, 결과를 혼자서 떠안지 않아도 된다. 다키시마와 둘이서 '나눌 수' 있으니까.

"괜찮아. 나랑 둘이서 하면, 꼭 살릴 수 있어. 말했잖아. 강한 마음은 운명을 바꿀 수 있다고. 슈를 구하고 싶어, 기사라기와 함께."

그렇게 말하는 다키시마의 눈은, 진지함 그 자체였다.

분홍색 의상을 바라보며 나는 생각했다. 다키시마의 말 덕분에 아까보다 조금은 두려움이 옅어진 느낌이 들었다. 강한 마음이 운명을 바꾼다. 그렇다. 운명은 마음이 만드는 것이다.

다키시마가 지그시 나를 바라보았다.

"그리고 무슨 일이 생긴다고 해도…… **기사라기는 내가 지킬게.**"

'무어어어어!?'

갑자기 튀어나온 말에, 얼굴에 열기가 확 올랐다. 하지만 덕분에 조금 용기가 나는 것 같았다.

'어떻게든 슈를 살릴 거야. 다키시마와 함께!'

"알았어. 나, 해 볼게!"

◆

캐리어를 가지고 화장실에 들어가 서둘러 의상을 갈아입었다.

다키시마 사이즈에 맞춘 거라 조금 기장이 길었지만 뒤쪽에 달린 지퍼를 잠그자 몸에 딱 맞았다.

평소라면 절대로 입지 않을 듯한 화려한 색의 옷을 입었더니, 이상하게도 기분이 업 되었다. 무서워서 긴장되어야 하는데, 왠지 힘이 솟아오르는 것 같았다.

"잘 어울려, 기사라기."

화장실 뒤편으로 돌아오니, 다키시마는 내 모습을 만족스러운 듯 바라보았다.

"무척 귀여운데. 가면 쓰는 게 아까울 정도로."

아무렇지 않게 '귀엽다'고 말하지 않으면 좋겠다. 아까부터 심장이 두근두근거리고, 터져 버릴 것 같으니까.

"머리는…… 양 갈래가 좋겠어."

그렇게 말하고 다키시마는 어느새 준비해 둔 머리 끈을 손가락에 걸고 내 머리카락을 모아 움켜쥐었다.

"자, 잠깐! 뭐 하는 거야?"

"머리 모양을 바꾸지 않으면 아는 사람을 만났을 때 들킬 가능성이 있잖아. 그리고 양 갈래가 귀엽고 잘 어울릴 것 같은데."

다키시마는 내 머리카락을 손가락으로 빗어 내리기 시작했다.

"혼자서도 할 수 있어!"

당황해서 다키시마에게서 떨어졌다. 그러고는 머리카락을 둘로 나눠 높이 올려 묶었다. 양손에 장갑을 끼고, 당근 모양 가방을 어깨에 걸쳤다. 마지막으로 가면을 쓰고 토끼 귀 머리띠를 두르자, 다키시마가 스마트폰을 들고 뭔가를 입력하기 시작했다.

"슬슬 시작하자. 준비됐어?"

"아니 잠깐, 이렇게 갑자기? 연습은?"

"괜찮아. 이제 어디를 어떻게 봐도 완전한 미미후와야. 게다가 시간도 별로 없어."

"하지만…… 카메라는?"

"스마트폰으로 할 수 있어. 자, 먼저 섬네일로 쓸 거 찍을 테니까, 거기 서 봐."

"어? 섬네일?"

"메뉴에 표시되는 동영상 소개 화면 같은 거야."

그렇다는 건, 변장했다고 해도 내 모습이 인터넷으로 전 세계에 공개된다는 건가!?

생방송이 시작되면 당연히 그렇겠지만……. 히이이익! 상상하는 것만으로 몸이 부들부들 떨렸다.

"자, 포즈 취해 봐."

"아, 저기……?"

"후와포요~ 이거야."

다키시마가 해 보이는 포즈를 당황해서 흉내 내는 나.

"후, 후후후, 후와포요~!"

"좋아. 잘했어."

다키시마가 스마트폰으로 찰칵 내 사진을 찍었다. 그때, 몸 안에서 폭죽이 터지는 듯한 느낌이 들었다. 톡톡 튀는 듯한 기분이, 가슴속에 퍼졌다.

나는 이제 기사라기 미우가 아니다. 다키시마, 아니 유키우사의 여동생 '미미후와'다.

언제나 눈을 내리깔고 다른 사람의 얼굴을 보려 하지 않는 기사라기 미우는 이런 팔랑팔랑한 옷을 입고 '후와포요~'라는 말은 절대 하지 않는걸.

이렇게 되면, 이제 부끄러움을 느낄 필요도 없다. 겉모습뿐 아니라, 알맹이까지 완전히 '미미후와'가 되겠어!

여동생, 데뷔하다

"'오늘도 미래로 한 발짝 더! 유키우사예요!'라고 말하고 싶지만! 여러분, 처음 뵙겠습니다! 유키우사의 여동생, 미미후와라고 해요! 후와포요~!"

잔디밭에 서서, 포즈를 취하는 나.

나를 찍고 있던 다키시마는 '좋아' 표시로 고개를 끄덕였다. 다키시마 자신도 가짜 뿔테 안경을 쓰고, 마스크와 모자로 변장한 상태였다.

"오늘은 번외편으로 유키우사가 아닌 저, 미미후와가 생방송으로 보내 드립니다. 여기, 쓰키요미시의 가와키타 공원에서 점성술 수련을 하려고 해요!"

다키시마가 준비해 온 대본을 읽어 내려갔다. 시작하기 전에는 불안했지만, 막상 해 보니 스스로 놀랄 정도로 술술 읽혔다.

이상했다. 마치 내 안에 '미미후와'라는 새로운 인격이 생긴 것 같은 느낌. 다키시마가 말한 대로, 무서운 건 아무것도 없을 것 같은 기분이 들었다.

"오늘 무척 날씨가 좋아요. 이렇게 날씨가 좋은 날에는 점이 더 잘 맞아요! 미미후와, 오늘 데뷔하기 전에 유키우사 스승님에게 여러 가지를 배웠어요. 여러분, 미미후와의 점에도 주목해 주세요! 잘 부탁 드려요!"

그렇게 말하면서 나는 힐끔 체육관 쪽을 보았다. 시합이 끝날 때까지 30분 정도 남았다. 슈와 나쓰하가 나오기 전에, 되도록 많은 사람의 미래 시력을 봐야 한다.

주위 사람들이 "뭐지?" "유키우사?" 하고 웅성거리며 이쪽을 주목하기 시작했다.

'슬슬, 미래 시력을 시작해 볼까……!'

나는 모여든 사람들을 빙 둘러보았다.

"그러면 우선은 누구부터 점을 쳐 드릴까요. 아, 덧붙여 말씀 드리면 공원에서의 촬영 허가는 사전에 받아 둔 상태니 문제없어요!"

미미후와가 된 탓인지, 스스로도 놀랄 정도로 고개를 똑바로 들 수 있었다. 날개 모양 가면으로 얼굴이 가려져 있기 때문일지도 모른다. 지금의 나는 기사라기 미우가 아니다. '미미후와'라는 캐릭터다.

주변으로 사람이 점점 모여들기 시작했다. 그 사람들의 얼굴을 나는 차례차례 바라보았다. 슈에게 연결되는 미래 시력을 보기 위해서는 어쨌든 많은 사람의 얼굴을 봐야 했다.

'미래 시력을 보고 싶다고 생각한 건 처음이네……'

그때, 초등학생 여자아이들이 "제 점을 봐 주세요!" 하고 좋아하며 다가왔다. 그중에서 큰 리본을 머리에 달고 있는 여자아이의 얼굴을 보았을 때였다.

'……보인다!'

나는 리본을 단 여자아이, 미래 시력이 보인 아이를 손가락으로 가리켰다.

"그럼 우선, 거기 있는 당신! 당신을 점치고 싶은데 얼굴이 나와도 괜찮은가요?"

"네! 괜찮아요!"

기뻐하는 여자아이의 얼굴을, 나는 일부러 자세히 바라보았다.

"네, 나왔어요! 스마트폰을 화장실에 떨어뜨리고 마는 미래가 보이네요! 당신의 분홍색 스마트폰, 지금 윗도리 주머니에 들어 있죠? 거기서 떨어집니다. 새로운 스마트폰을 바로 받을 수 없어서 불편을 엄청 겪게 돼요! 스마트폰은 가방 속에 잘 넣어 두자고요!"

그렇게 말하자 그 여자아이는 눈을 동그랗게 떴다. 그리고 윗도리 주머니에 손을 넣어, 아직 새것처럼 보이는 분홍색 스마트폰을 꺼냈다. 동시에, 주변에 있는 사람들이 웅성거리기 시작했다.

슈와 관계된 미래 시력이 아니었던 것이 유감이지만, 우선 하나는 성공했다.

나는 작게 한숨을 쉬었다. 이 상태로 공원에 있는 사람들의 신뢰를 얻어 가며 미래 시력을 보면 될 것 같았다.

"정말 얘, 유키우사랑 관계있는 건가?"

"이거 유키우사 채널이잖아?"

"유키우사는 없나?"

"미미후와, 점쳐 줘요!"

방송을 본 것인지, 점점 주위에 사람들이 몰려들었다.

점을 본다고 말은 했지만 미래 시력이 보이지 않는 사람도 있었다. 그런 사람들에게는 나쁜 일은 일어나지 않을 거라며, "운세는 최고입니다" "오늘을 즐기세요"라고 말해 주었다.

미래 시력이 보일 때는 그 내용대로 충고했다.

"배탈이 날 테니 소프트아이스크림은 먹지 마세요" "아직 친구로만 생각되고 있으니, 고백은 조금 뒤로 미뤄 두세요"라는 식으로, 계속 '점'을 봐 주었다.

하지만 슈에게 연결되는 미래 시력은 전혀 보이지 않았다. 시간만 계속 흘러가서 나는 점점 초조해졌다.

'이대로라면, 결국 아무것도 모르는 채 시합이 끝나 버릴 텐데……'

만약 아무 수확도 얻지 못하고 슈와 나쓰하가 밖으로 나가 버리면 어떻게 하지. 그것에 관해서라면 촬영을 시작하기 전에 다키시마와 이야기했었다.

그때는, 슈와 나쓰하를 갈라놓는 '점'을 칠 것이다.

슈의 미래 시력에서 나쓰하의 비명 소리가 들렸다. 그러니까 슈와 나쓰하가 함께 있지만 않으면 그 미래 시력이 일어날 가능성은 훌쩍 낮아질지도 모른다고 생각했다.

어쨌든 나쓰하는 유키우사에 대해 분명 알고 있을 테고, 혹시 팬일지도 모른다. 모델 일을 하고 있으니 트렌드에 민감할 테니. 게다가 팬이 아니어도 여자아이라면 점에는 어느 정도 흥미가 있지 않을까. 연애에 관련된 점이라면 더더욱.

"거기 당신들! 잔디밭 한가운데서 놀고 있을 때 비가 쏟아질 것 같군요! 빨리 집으로 가든지, 지금 우산 사 두는 것을 추천해요!"

가까이 다가온 여중생 무리에게 그렇게 말해 주었을 때였다. 다키시마가 눈으로 내게 신호를 보내 왔다. 그 시선 끝에는 체육관이 있었다. 그곳에서 초등학생 남녀가 와글와글 쏟아져 나오는 것이 보였다.

'슈하고 나쓰하다!'

푸른색 티셔츠에 검은색 반바지. 이미 유니폼을 갈아입은 슈는, 나쓰하와 같이 뭔가 이야기하면서 잔디밭 쪽으로 오고 있었다.

나는 다키시마에게 눈으로 신호를 보내고, 아무렇지 않게 그쪽으로 이동하기 시작했다.

"그럼 이제 장소를 옮겨 볼까요? 어, 사인이요? 생방송 중이라 미안합니다!"

그렇게 말하며 사람들을 가르고 나오면서 슈에게 가까이 다가갔다.

"아, 저기에 귀여운 커플이 있네요! 한번 점쳐 주고 싶은데요. 저, 잠깐 괜찮을까요?"

갑자기 다가온 정체 모를 화려한 토끼에, 슈는 얼굴을 잔뜩 찌푸렸다.

'괜찮아. 꼭 잘될 거야!'

긴장한 탓인지 손바닥에 땀이 배어 나왔다. 나는 그것을 감추기 위해 주먹을 꽉 쥐었다.

"유튜브 생방송 중인데요, 얼굴이 보여도 괜찮을까요?"

"네? 생방송……인가요?"

나쓰하가 약간 눈살을 찌푸렸다.

"그래요! 저는 유키우사의 여동생 미미후와라고 해요. 오늘이 데뷔 첫날이에요!"

활기찬 목소리로 그렇게 말했지만, 나쓰하의 표정은 굳어 있었다.

"저…… 유키우사라고, 몰라요?"

"이름은 들어 본 적 있지만…… 제 얼굴은 안 나왔으면 좋겠어요."

윽! 예상이 빗나갔다.

나쓰하는 유키우사에 별 흥미가 없는 것 같았다. 게다가 왠지 귀찮아하는 듯 보였다.

"어, 그럼 다리만 나오게 찍을까요?"

슈가 기분 나쁜 듯이 말했다.

"근데 당신 뭐야?"

"미미후와예요! 점을 쳐 드리고 있어요!"

"……점?"

슈와 나쓰하는 서로 얼굴을 마주 보았다.

아주 기뻐하는 기색은 아니었다. 안 돼! 빨리 점을 시작해야 해.

"그, 그럼 점을 쳐 보도록 할까요? 당신은 뭔가 운동을 하고 있네요? 그리고 당신은, 예능 쪽 일을 하고 있지 않나요?"

그러자 슈가 나를 노려보았다.

"뭐가 점이야. 그런 거 미리 알고 말하는 게 뻔하지."

"아니요, 아니요, 점이에요! 아, 잠깐만 기다려요! 아직 끝나지 않았어요! 두 사람은 커플이죠?"

"아뇨. 사귀는 사이 아니에요. 그냥 같은 반 친구예요."

냉정한 말투로 말한 것은 나쓰하였다.

"어, 그래요? 그런가요?"

분명히 그럴 거라고 생각했는데, 내 예상이 빗나가자 당혹스러웠다. 슈는 짜증 난다는 듯 한숨을 내쉬었다.

"미안하지만 일이 있어서."

그렇게 말하고 등을 돌려 걸어가기 시작했다. 나쓰하도 그 뒤를 쫓아 걸어갔다.

으아아, 어떡해! 이대로라면 아무것도 바뀌지 않는다.

그 미래 시력이, 현실이 되어 버릴 거야……!

"자, 잠깐만 기다려요! 말이 헛나왔네요. 두 사람은 확실히 '지금은 아직' 사귀는 사이가 아닐지도 몰라요. 하지만 앞으로, 강한 인연으로 묶이게 될 조짐이 보이네요!"

내 필사적인 말에, 나쓰하가 뒤를 돌아보았다. 그 표정이 아까보다는 약간 밝아 보였다.

"인연? 그 말, 진짜예요?"

"진짜고말고요! 하지만 그 인연을 묶기 위해선 오늘은

함께 있으면 안 돼요. 지금 바로, 각자의 집으로 돌아가길 바라요!"

'말했다……!'

나는 가슴을 두근두근하면서 나쓰하의 반응을 기다렸다.

여기서 두 사람이 미미후와의 말을 듣고 집으로 돌아가 주기만 하면…… 그다음에 슈를 무사히 데려다주기만 하면 된다. 바로 옷을 갈아입고, 함께 가자고 권하기만 하면 된다.

하지만 나쓰하는 아무 말도 하지 않았다. 빤히 나를 바라보더니, 빙글 몸을 돌려 슈의 팔을 잡았다. 그리고 그 순간, 굉장한 기세로 달려가기 시작했다. 슈도 끌려가듯 뒤를 따라 달리기 시작했다.

"자, 잠깐 기다려요! 어디 가요?"

스마트폰을 쥐고 있던 다키시마가 당황한 듯 두 사람을 가리켰다. '두 사람을 쫓아가라'는 뜻이다.

"어, 또…… 점은 믿거나 말거나 자유지요! 결코 억지로 밀어붙이는 건 아니에요! 여러분도 점을 잘 활용하세요!"

　당황한 나는 수습하듯 그렇게 말하고는 나쓰하와 슈가 사라진 방향…… 동쪽 호수 구역을 향해 빠른 걸음으로 이동하기 시작했다.

　'큰일 났다, 정말 큰일 났어……!'

　슈에게 연결되는 미래 시력을 아직 보지 못했는데, 두 사람을 놓쳐 버리면 의미가 없잖아!

　슈와 나쓰하의 모습을 확실히 눈으로 좇으면서 나와 다키시마는 필사적으로 달렸다.

　생방송을 본 건지, 소문을 들었는지 '점을 봐 달라'는 사람들이 하나둘 내 앞을 막아섰다.

"죄송합니다, 장소를 옮기려고 하는데 길을 좀 열어 주시겠어요? 점은 이따가 반드시 봐 드릴 테니까요……."

사람들을 헤치며 앞으로 나아가려던 그때였다.

"꺅!"

시야 가장자리에서 여자아이가 쓰러지듯 넘어지는 것이 보였다. 사람들 무리의 바깥쪽에 서 있던 아이였다.

'혹시 나 때문에 휘말렸을까?'

"미, 미안해요! 괜찮아요?"

곧장 달려가 아이를 일으켜 앉혔다. 고등학생쯤 되었을까. 여자아이는 두꺼운 안경을 한 손으로 고쳐 올리면서, 옆으로 고개를 저었다.

"아, 그냥 혼자 넘어진 거예요. 멍하니 서 있다가 그런 거라, 제가 더 미안해요."

"정말, 괜찮아요? 다친 데는 없어요?"

일어나는 것을 도와주려고 나는 손을 내밀었다.

"괜찮아요! 혼자서 일어날 수 있어요……."

그렇게 말하고 여자아이가 고개를 든 바로 그때, **지지직**하고 오늘 몇 번째 듣는지 모를 노이즈가 들려왔다.

자물쇠가 가득 달린 철망 바로 앞. 손을 뻗어 스마트폰으로 사진을 찍으려고 하는 여자아이.

하지만 스마트폰을 철망 너머로 떨어뜨리고 만다. 여자아이는 어쩔 줄을 몰라 하지만 아무것도 하지 못한다.

"시, 실례했습니다. 그럼."

여자아이는 그렇게만 말하고, 호수가 있는 쪽으로 빠르게 걸어갔다.

"잠깐!"

내가 불러 세우자 여자아이가 깜짝 놀라 뒤돌아봤다.

"미하라시다이에서 사진 찍는 건 그만두는 게 좋아요. 가더라도 철망 근처에는 가까이 가지 마세요. 철망 너머로 스마트폰을 떨어뜨릴지도 몰라요."

여자아이의 눈이 크게 떠지는 것이 안경 너머로도 잘 보였다. 그리고 나는 카메라를 향해 말했다.

"여러분! 정말 죄송하지만 잠시 충전을 위해 생방송은 여기서 끝내도록 하겠습니다. 또 다음 기회에 만나요! 이상, 미미후와의 '돌격 점성술 수련'이었습니다!"

손을 크게 흔들자 주변에서 "벌써 끝?" "그럼, 점은?"

하는 불만 섞인 목소리가 들려왔다. 나는 "죄송합니다!" 하고 사과하면서, 사람들 틈을 빠져나왔다.

스마트폰을 내린 다키시마가 서둘러 내게 다가왔다.

"무슨 일이야?"

작은 소리로 내게 물어와, 나는 귓속말로 다키시마에게 말했다.

"보였어. 슈에게 연결되는 미래 시력이."

새로운 위기

슈와 나쓰하가 보트에 타는 것을 확인하고, 우리는 다른 사람들의 눈을 피해 근처 숲으로 향했다.

"혹시, 아까 그 안경 쓴 여자아이?"

변장한 채로 다키시마가 묻자, 나는 고개를 끄덕였다.

"그 애의 스마트폰 케이스가 고양이 귀 모양이었어. 슈의 미래 시력에서 본 거랑 똑같아."

그것만 말했을 뿐인데, 다키시마는 모든 것을 이해했다는 듯이 고개를 끄덕였다.

"그렇구나. 미하라시다이는 높은 언덕 위에 있고 철망 건너편은 절벽이니까."

유미가 말했던 '커플이 영원한 인연의 끈으로 묶인다는 전설'. 내가 그 아이에게 '미하라시다이에서'라고 말했던 건, 미래 시력으로 보았던 자물쇠에서 그 전설을 떠올렸기 때문이다.

"사이트 정보에 의하면 그 절벽 높이는 약 6미터 정도…… 아파트로 치면 3층 높이야. 아래는 공원 주차장이고 지면은 콘크리트."

다키시마의 말을 듣고, 슈의 미래 시력을 떠올렸다. 슈가 쓰러져 있던 지면은 콘크리트였다.

'그랬구나. 이제 알겠어……!'

"슈는 그 아이가 떨어뜨린 스마트폰을 주워 주려고 철망을 넘어간 거야. 그리고 어떤 이유로 절벽에서 떨어진 거라고!"

내 말에, 다키시마는 고개를 끄덕였다.

나쓰하의 비명이 들린 것은 둘이서 그곳에 갔기 때문이다. 전설을 믿고, 자물쇠를 달아 보려고 했을지도 모른다. 하지만 그건 커플을 위한 전설이다. 사귀지도 않는 상태인데 어째서 둘은 그곳에 간 걸까.

'둘이 역시 사귀는 게 아닐까……?'

하지만 아까 나쓰하는 거짓말하는 것처럼 보이지는 않았다. 자물쇠를 걸고 싶다고 생각하는 특별한 이유가 있는지도…….

"어제 내린 비로 땅이 질어서, 풀 때문에 발이 미끄러졌나. 어쨌든 미하라시다이라는 장소는 특정할 수 있겠네."

"그 안경 쓴 아이는 지금 어디 있을까? 미하라시다이에 가 볼까?"

"몰라. 하지만 확실하게 점괘를 말해 줬으니까, 이제 그 애가 스마트폰을 떨어뜨릴 일은 없을 거고, 그러면 슈도 철망을 뛰어넘지 않겠지."

"그럼 슈의 미래 시력은 이제 실현되지 않는 걸까?"

"그럴 가능성이 커 보여. 그렇다기보다 우리가 개입해서 이미 운명이 바뀌고 있다고 보는 게 맞을지도 몰라."

운명이 바뀌기 시작하다니…….

"그게 무슨 말이야?"

"슈의 미래 시력을 본 어제저녁 시점에서, 가령 그 안경 쓴 애의 미래 시력을 봤다고 치자. 그렇다면 그 내용은 '스마트폰을 떨어뜨려 곤란해진다'가 아니라, 더 비참한 '내 잘못으로 남자아이가 다치는 것'이 되었을 거야. 하지만 아까 기사라기가 본 미래 시력은 그런 내용이 아니었어. 미미후와가 생방송을 시작하고 슈에게 말을 걸었기 때문에, 공원 안에 있는 사람들의 행동이 바뀐 거야. 즉, 운명이 바뀐 거지."

아! 그런가…….

아까 안경 쓴 아이의 미래 시력에 슈는 나오지 않았다. 어제 본 미래 시력대로라면, 슈와 그 아이는 같은 시간대에 미하라시다이에 있었을 것이다. 하지만 미미후와가 점을 치는 바람에 슈의 행동이 바뀌어서…… 미하라시다이에 가는 시간이 어긋난 것이다!

"기사라기가 어제 본 슈의 미래 시력은 아마 그대로 실현되진 않을 거야. 하지만 운명이 어떻게 바뀔지 모르는 이상, 두 사람을 계속 지켜보는 편이 좋겠어. 그런 차원에서 아까 그 안경 쓴 아이를 쫓아가고 싶은데. 미하라시다이에서 아무 일도 일어나지 않는다는 걸 확실히 하고 싶어. 슈가 아니라도, 다른 사람이 같은 일을 당할 가능성도……."

다키시마가 그렇게 말했을 때였다.

"미미후와!"

뒤에서 귀에 익은 목소리가 들려왔다. 뒤를 돌아본 순간 나는 지금 내가 '미미후와'라는 걸 잊어버렸다.

"대단해! 좀 전까지 찍던 동영상 봤어요! 이런 곳에 숨어서 뭐 하는 거예요?"

'레, 레이라 선배!'

그렇다. 거기 서 있는 건 틀림없는 레이라 선배였다. 아니, 그뿐만이 아니었다. 레이라 선배의 뒤에는 반짝반짝 빛나는 눈을 한 가나이 선배와 놀란 듯이 눈을 크게 뜬 유미까지 있었다.

'세상에, 이런 곳에서 마주칠 줄이야!'

"멋져. 진짜 유키우사 의상이다!"

"이제 오늘의 점은 끝난 건가요?"

감동한 듯 할 말을 잃은 가나이 선배 대신 레이라 선배가 물었다.

"네? 일단 오늘은…… 끝인데요."

큰일 났다. 너무 놀라서 동요하는 마음을 감출 수가 없었다. 그러자 다키시마는 헛기침을 하고는 낮은 목소리로 말하기 시작했다.

"실은 유키우사가 비밀 미션을 줘서…… 조금 전 생방

송은 위장 방송이었
어요."

'다, 다키시마!'

비밀 미션이라니…… 갑자기
무슨 말이야?

가나이 선배가 몸을 앞으로 쭉 내밀었다.

"비, 비밀? 유키우사는 단순한 점성술 유튜버가 아니라
는 건가요?"

"어, 그럼 뭐예요? 혹시 수수께끼 초능력 조직의 일원
같은 건가요?"

"자, 잠깐, 레이라 선배! 목소리가 커요!"

유미는 당황해서 손가락을 입술에 대고 조용히 하라는
몸짓을 취했다.

'서, 설마 믿는 건가?'

"어떤 사람들이 무사한지 끝까지 확인해야 해요. 여기
서 만난 것도 인연이겠죠. 여러분의 도움을 받고 싶은데,
괜찮을까요?"

다키시마는 그렇게 말하고 호수 쪽을 보았다. 이끌리
듯 그쪽을 보니, 호수 주변 벤치에 앉아 있는 여자아이가

보였다. 아까 안경을 쓰고 있던 아이였다!

"좀 전에 방송에 나왔던 그녀를 미행해 주었으면 하는데요. 5분 간격으로 장소와 행동을 알려 주시면 정말 도움이 될 것 같아요."

"저기 안경 쓴 여자 말이군요! 좋아요, 협력할게요!"

가나이 선배가 흥분한 듯 고개를 끄덕였다. 레이라 선배도 "맡겨 주세요!" 하며 엄지를 들어 보였다.

과연. 그 아이를 미술부원들에게 맡기고, 우리는 슈와 나쓰하를 지켜보자는 거구나.

"보고하는 방법은요?"

"유키우사 SNS 계정으로 메시지를 보내 주세요."

"알겠습니다."

가나이 선배의 안경에서 번쩍 빛이 났다.

"좋아! 그러면 미미후와 응원대, 출발!"

"네엡!"

레이라 선배에 이어, 유미도 두 주먹을 불끈 쥐었다.

"건투를 빌어요."

다키시마가 그렇게 말했을 때, 마침 그 여자아이가 벤치에서 일어나는 것이 보였다.

살금살금 미행을 시작하려는 세 명을 배웅하고 나서, 다키시마가 휴 한숨을 내쉬었다.

"아, 깜짝이야. 설마 동아리 사람들에게 들킬 줄은 상상도 못 했는데."

"놀란 건 이쪽이야! 갑자기 비밀 미션이라니 엉뚱한 말을 했잖아."

"잘됐으니 다행이잖아? 이걸로 여자애의 행동도 파악할 수 있고, 슈를 쫓는 데 집중할 수 있어. 하지만 그렇게 쉽게 믿을 줄은 몰랐는걸."

아무리 유키우사 팬인 가나이 선배가 있었다고 해도, 너무 쉬웠다.

'설마, 하고는 생각하지만⋯⋯.'

"우리, 들킨 건 아니겠지?"

전교생에게 '미미후와의 정체는 기사라기 미우'라는 것을 들킨 상황을 상상하니 소름이 쫙 끼쳤다. 만약 들킨다면 미술부는커녕 학교에 갈 수도 없게 될 것이다!

"괜찮을 거야. 평소의 기사라기를 안다면, 미미후와랑 연결 짓는 건 상상조차 못 할걸."

그렇게 말하더니 다키시마는 쿡 웃었다.

"정말 놀랐어. 설마, 이렇게까지 완벽하게 미미후와가 될 줄은. 멋진 데뷔를 볼 수 있어서 유키우사도 자랑스러워했을 거야."

"노, 놀리지 마!"

지금 와서 부끄러움이 마구 솟아났다. 어째서 '후와포요'인지……. 아아, 떠올린 것만으로도 너무너무 부끄러워서 어디론가 사라져 버리고 싶었다.

"지금까지 전부 꿈은 아니었을까, 하는 생각이 드는데……."

"현실이야. 확실히 모든 사람의 눈에 박혔을걸."

다키시마는 그렇게 말하고 손안의 스마트폰으로 눈길을 돌렸다.

"동영상은 녹화가 아니어서 댓글 창도 이제는 닫혔지만……. SNS에서 미미후와가 화제가 되는 모양이야."

"아, 진짜? 뭐라고들 하는데?"

불안 가득한 목소리에, 다키시마는 가짜 안경 너머로 보이는 눈을 가늘게 떴다.

"엄청 인기야. 또 보고 싶다고, 또 점쳐 달라고."

"진짜?"

"진짜야. 이거, 빨리 미미후와용 의상을 제작해야겠는데."

"농담이지?"

"당연히 진담이지. 지금부터 정기적으로 이렇게 생방송을……."

갑자기 다키시마가 말을 멈췄다. 그 시선을 좇아가니, 보트에서 내리는 슈와 나쓰하의 모습이 보였다. 두 사람 정면에는 좌우로 뻗어 있는 공원 길이 보였다. 오른쪽이 정문, 왼쪽이 미하라시다이로 통하는 길이었다.

'이제, 어딜 가려는 걸까…….'

내 마음을 읽은 것처럼 다키시마가 중얼거렸다.

"미하라시다이엔 못 가게 하는 편이 낫겠지."

"하지만 어떻게? 또 미미후와가 점을 치고, 못 가게 하는 걸로 해?"

"아니, 두 사람의 행동을 점으로 바꾸는 건 어려울 것 같아."

"하지만 이래서는……."

그때, 나쓰하가 이쪽을 돌아보았다. 화려한 분홍색 의상이 눈에 띄었던 것이리라. 뭔가 괴로운 표정으로 슈의 손을 잡고, 길 왼쪽으로 이끌었다.

'그쪽은, 안 돼!'

마음속에서 외친 순간, **지지직**하는 거슬리는 소리가 들렸다.

설마, 나쓰하의 미래 시력……!?

시야가 어두워진다고 느끼는 순간, 인정사정없이 미래 시력이 시작되었다.

비가 내리는 인적 없는 미하라시다이. 철망 앞에 서 있는 나쓰하와 슈.

나쓰하가 자물쇠를 건 순간, 철망이 이쪽으로 쓰러지기 시작한다. 근처에 있던 슈가 막으려고 하지만 이미 늦었다.

결과적으로 나쓰하의 얼굴에는 커다란 상처가 생겨 더 이상 모델 일을 할 수 없게 된다.

"……기사라기?"

미래 시력이 끝나자마자, 다키시마의 목소리가 들려왔다. 걱정스러운 눈길로 내 얼굴을 들여다보고 있었다.

"혹시…… 본 거야?"

나는 부들부들 떨면서 고개를 끄덕였다.

"어떡해. 이번엔, 나쓰하가……!"

15

다가오는 운명

거리를 두고 슈와 나쓰하의 뒤를 쫓아가면서 나는 다키시마에게 미래 시력의 내용을 이야기했다.

"하필이면 얼굴에 상처를⋯⋯."

"나쓰하는 모델 일이 좋다고 했어. 오래 하고 싶다고. 그러니까 꼭 막아야 해!"

"미하라시다이의 철망 말이지. 확실히 위험해. '사랑의 자물쇠' 같은 의식은 전 세계에 다 퍼져 있지만, 실제로 자물쇠 무게 때문에 그런 사고가 전에도 일어난 적이 있으니까."

"공원 관계자한테 말하면 어떻게든 해 주지 않을까?"

"혹시 모르니 연락은 해 두겠지만 바로 움직인다는 보장은 없어. 게다가 봐봐."

다키시마는 그렇게 말하고 하늘을 올려다보았다. 짙은 먹구름이 하늘을 뒤덮기 시작했다.

"언제 비가 와도 이상하지 않은 날씨야. 두 사람은 아마도 곧바로 미하라시다이로 향할 테고, 시간이 없어."

"하지만 슈나 안경 쓴 아이의 미래 시력에서 비는 안 왔는데…… 날씨까지 바뀐 걸까?"

"아니야. 바뀐 건, 운명이지."

"어……."

두근두근 심장이 뛰었다.

"아마, 미미후와의 개입으로 그들이 미하라시다이에 도착하는 시간이 원래보다 늦춰진 걸 거야. 철망이 쓰러지는 타이밍도 하필 나쓰하가 자물쇠를 거는 시점과 겹쳐 버렸겠지."

즉, 그 말은…… 미미후와 때문에 나쓰하의 운명이 바뀌어 버렸다는 건가?

'그런!'

반사적으로 유키가 생각났다. 이대로라면 그때랑 똑같

잖아!

내가 쓸데없는 일을 했기 때문이다. 그 때문에, 슈는 살릴 수 있었지만 다른 사람을 위험에 빠지게 하고 말았다!

입술을 깨물며 고개를 숙였다.

"기사라기 때문이 아니야."

내 마음의 동요를 느꼈는지, 다키시마가 조용히 말했다. 나는 힘없이 고개를 저었다.

"아니야. 내 탓이야. 내가 모두의 운명을 엉망으로 휘저어서, 새로운 재난을 만들어 낸 거야."

"이게 기사라기 탓이라고 한다면, 애초에 이 작전을 생각해 낸 내 탓이기도 해. 뭐가 잘 안 된 건지, 누구 잘못인지 생각하는 건 의미 없는 일이야. 지금 뭘 할 수 있는지를 생각해야 해."

"그렇게 말한대도, 나는 다키시마처럼 침착하지 못해! 다키시마는 나랑 다르잖아! 실패했던 적도 없고 괴롭다고 생각한 적도 없지? 그러니까 그렇게 침착할 수 있는 거야!"

그렇게 말하고 나는 흠칫했다. 이렇게 심한 말을 하고 싶지는 않았는데.

다키시마는 아무 말도 하지 않았다. 그저 잠자코 안경 너머로 눈을 동그랗게 뜨고, 나를 바라보고 있었다.

'다키시마, 슬퍼하고 있어……'

"미안해, 다키시마. 아무것도 모르면서 그런 말을 해서……."

"아니야. 나야말로 미안해. 기사라기가 불안해한다는 건 충분히 알고 있어. 다른 사람의 얼굴을 바라보는 두려움을 이겨 내려고 노력했다는 것도. 미미후와 같은 걸 밀어붙인 건 내가 너무 무신경했던 것 같아. 정말, 미안해."

그렇게 말하고 다키시마는 눈을 내리깔았다.

아니다. 그렇지 않다. 이건 전부, 미미후와…… 다키시마 덕분이었다.

"사과하지 마. 나 혼자서는 정말 아무것도 못 했을 거야. '미미후와'가 되면서 다른 사람의 얼굴을 볼 수 있게 된 건 다키시마 덕분인걸. 이런 말 하면 어떨지 모르겠는데, 나 '미미후와'일 때 즐겁다고 생각했어. 내 힘이 도움이 된다는 걸, 남을 도울 수 있다는 걸 처음으로 느꼈어. 다키시마가, 내게 가르쳐 준 거야."

"기사라기……."

다키시마의 눈이, 다시 나를 바라보았다. 그 다정한 시선에 나는 가슴이 두근거렸다. 같은 비밀을 가지고 있는 사람의 눈. 운명을 함께 나눌 수 있는 사람의 눈.

'이 눈을 더 바라보고 싶어.'

바로 그때, 다키시마의 스마트폰이 울렸다. 다키시마가 주머니에서 스마트폰을 꺼내 화면을 쳐다봤다.

"가나이 선배다. 안경 쓴 아이는 무사히 사진을 찍고 나서 미하라시다이를 떠났대."

"잘됐다!"

그 아이가 스마트폰을 떨어뜨리지 않았다면, 슈의 미래 시력은 벌어질 가능성이 없어졌다는 게 된다. 하지만 안심하기에는 일렀다. 나쓰하가 아직 위험하고, 그 외에 어떤 일이 벌어질지 알 수 없으니까.

"가나이 선배한테는 부원들이랑 그대로 미하라시다이에서 망을 봐 달라고 하자. 철망이 위험하다고도 알릴 거지만, 비가 내릴 때까지는 아마 안전할 거야."

슈와 나쓰하의 뒷모습이 보였다. 두 사람 앞에, 미하라시다이로 향하는 계단이 있었다.

"미하라시다이로 가자. 어떤 철망이 쓰러지는지, 기사

라기가 보면 알 수 있을지도 몰라. 거기에 아무도 접근하지 못하게 하면 되지. 어차피 비가 내리면 두 사람 말고는 다 떠날 거야. 이건 기회야. 두 사람만 지키면 돼."

"그럼 달리자! 이대로라면 두 사람이 먼저 도착해 버릴 거야."

"아니, 지름길이 있어. 이쪽이야."

그렇게 말하고 다키시마는 통로에서 옆으로 뻗은 작은 샛길로 걸음을 옮겼다.

"이게 지름길이야?"

"이 공원에 대한 건 어제 충분히 조사했으니까."

그렇게 말하고 눈을 가늘게 뜨며 다정하게 웃었다.

"자, 가자! 미하라시다이로!"

나는 '미미후와'답게 기운차게 외치며, 산책로를 달리기 시작했다.

◆

미하라시다이에 도착하고 철망을 본 나는 숨을 크게 들이쉬었다. 20미터 정도 이어진 철망에는, 이쪽 끝에서 저쪽 끝까지 자물쇠가 가득 걸려 있었다.

미래 시력으로 보았던 철망을 필사적으로 떠올렸다. 하지만 특별히 눈에 띄는 특징은 없었다. 모든 철망이 쓰러져도 이상하지 않을 정도로 자물쇠로 한가득이었다.

"미안, 다키시마. 어떤 철망인지까지는…… 모르겠어."

내 힘없는 말에, 다키시마는 조용히 고개를 끄덕였다.

"괜찮아. 이 중 하나라는 것만 알아도, 그걸로 충분해."

그때, 코끝에 축축함이 느껴졌다.

'벌써, 비가……!'

처음엔 보슬비인가 생각했는데, 곧 빗발이 거세지면서 본격적으로 내리기 시작했다. 그러자 미하라시다이에 있던 사람들은 도망치듯 근처 매점이나 레스토랑으로 들어갔다.

"와, 미미후와다!"

다정하고 명랑한 목소리. 목소리가 들려오는 곳을 보자, 매점 처마 밑에서 누군가가 손을 흔들고 있는 것이 보였다. 레이라 선배다! 가나이 선배와 유미도 함께였다.

"타깃은 아직 근처에 있습니다."

가나이 선배가 매점 안을 턱으로 가리켰다. 그곳에는

우산을 사고 있는 안경 쓴 아이가 보였다.

다키시마가 낮은 목소리로 말했다.

"고마워요. 덕분에 살았어요. 여러분, 이제 돌아가셔도 괜찮아요."

작은 목소리로 유미가 나와 다키시마를 번갈아 보며 말했다.

"하지만 아직 미미후와의 미션은 끝나지 않은 거죠?"

"우리, 끝까지 함께할게요."

"프로젝트에 참가한 사람으로서 함께하고 싶습니다."

진지한 표정의 레이라 선배에 이어, 가나이 선배가 힘 있는 목소리로 말했다. 모두의 말에 가슴이 따뜻해졌다.

"여러분, 고맙습니다. 하지만 앞으로 무슨 일이 있어도 무모한 행동은 하지 마세요."

그렇게 말했을 때, 다키시마가 내 어깨에 살짝 손을 얹었다.

"왔다."

그 시선 끝에는 계단을 다 올라온 나쓰하와 슈가 있었다. 두 사람은 곧장 철망 쪽으로 가까이 갔다.

'그쪽으로 가게 하면 안 돼!'

나는 두 사람과 철망 사이로 뛰어들어, 크게 양팔을 벌렸다.

"여긴, 갈 수 없어요."

"또 당신이야?"

이제 나쓰하는 대놓고 얼굴을 찡그렸다.

"들어봐요! 부탁이니까, 철망에 가까이 다가가지 말아주세요. 당신이 위험해져요."

"그것도 점?"

"이건 진심으로 하는 부탁이에요. 철망이 당신 얼굴에 상처를 낼 거예요. 모델 일을 계속하고 싶다면, 절대로 더이상 다가가지 마세요."

"역시. 얘가 모델이라는 거 알고 구독자 수 늘리려는 속셈이지?"

슈가 한 말에, 나는 당황해서 고개를 저었다.

"생방송은 이미 끝났어요."

"그럼 왜 아직까지 그런 몰골을 하고 우리 앞을 가로막는 거야?"

"나쓰하를…… 당신들을 지키고 싶어서요."

"영문을 모르겠네."

슈가 말을 하는 사이, 나쓰하가 철망을 향해 걷기 시작했다.

"기다려, 멈춰요!"

"부탁이니까, 방해하지 말아요!"

그렇게 말하고 나를 노려보는 나쓰하의 눈에서 어떤 간절함이 느껴졌다.

"난 오늘, 어떻게든 이걸 꼭 걸어야 해요."

그 손에는 금빛으로 빛나는 자물쇠가 보였다.

"그러니까 비켜 주세요."

"어째서 오늘인가요? 오늘이 아니어도 언제든 할 수 있지 않나요?"

초조함이 극에 달해, 나도 모르게 목소리가 높아졌다. 그러나 나쓰하는 아랫입술을 깨물고는 고개를 숙였다.

"오늘밖에 없어요. 오늘이 마지막인걸. 그러니까, 오늘이 아니면…… 안 돼요."

나쓰하가 입을 굳게 닫자, 슈가 덧붙여 말했다.

"나쓰하는 다음 주에 이사 가. 이렇게 둘이서 만나는 건 오늘이 마지막이야."

"어!"

나는 무심코 나쓰하 쪽을 보았다.

'그랬구나. 그러니까, 이렇게 필사적으로……'

빗줄기가 더 세졌다. 미래 시력으로 본 광경이 떠올랐다. 이제 더는 시간이 없었다.

"중요한 시간을 뺏어서 미안해요. 하지만 그 자물쇠를 달게 할 순 없어요."

"내버려 두라고. 넌 상관없잖아."

"상관있어요. 나는 그녀의 운명뿐 아니라, 모델을 하고 싶다는 마음도 잘 알고 있으니까요. 그걸 알고 있는 이상, 물러설 수는 없어요."

"하지만 저도, 꼭 하려고 결정한 일이에요. 그러니까 당신 말은 듣지 않을래요."

나쓰하는 큰 눈으로 나를 바라보았다.

"어째서, 자물쇠인 거지?"

다키시마였다. 조용히 내 등 뒤에서 앞으로 나와, 나쓰하에게 가까이 다가갔다.

"원래 그건, 커플끼리 하는 거잖아. 너희는 사귀는 사이가 아니라고 했고."

"사귀는 사이가 아니면 하면 안 되나요?"

"그렇게 말한 건 아니야. 네가 이 자물쇠에 매달리는 이유를 알고 싶은 거지."

슈가 내뱉듯 말했다.

"그거야말로, 당신들하고 상관없는 일이잖아."

"하지만 가르쳐 줬으면 좋겠어. 내 이야기를 듣고서도 꼭, 자물쇠를 걸고 싶다고 생각하는 이유를."

그렇게 말하는 내 얼굴을 나쓰하가 빤히 바라보았다.

잠시 후, 천천히 입술이 열렸다.

"여기는…… 슈와의 추억이 있는 곳이야."

"추억?"

나쓰하가 고개를 끄덕이며 이야기하기 시작했다.

모델 일을 시작한 건 5학년 때였다.

처음에는 응원해 주던 친구들이 모델을 하면서 인기가 오르기 시작하자, 점점 멀어지고 뒤에서 욕을 하거나 헛소문을 내기도 했다. 전에는 '나쓰하'라고 친근하게 이름으로 불렀다가, 나중에는 '다카나시'라고 성만 부르게 되었다.

어느 날, 체험학습 때문에 갔던 공원에서 나쓰하는 같

은 조 아이들의 거짓말에 속아 혼자 남겨졌었다. 혼자서 어떻게 해야 할지 모를 때 도와준 사람이 슈였다.

"슈는, 나를 같은 조에 넣어 줬어. 다른 아이들은 소문 때문인지 마지막까지 서먹서먹했는데 슈는 달랐어. 나쓰하라고 이름을 불러 주었고, 인터넷에 떠도는 욕이나 소문이 아니라, 바로 눈앞에 있는 나를 봐 주었어."

나쓰하는 그게 정말로 기뻤다고 말했다.

"미하라시다이에 들렀을 때, 이 자물쇠가 재미있다고 생각했어. 지금은 일이 즐거워서 연애 같은 건 할 수 없지만, 언젠가 자물쇠를 걸고 싶다고. 그랬더니 슈가 하고 싶으면 해도 된다고 말해 줬어. 슈는 그땐 이게 연인을 위한 거라는 걸 몰랐어."

그렇게 말하고 나쓰하는 웃었다.

"하지만 그때는 시간이 없었어. 언젠가 함께하자고 약속은 했지만."

슈가 퉁명스러운 표정으로 말했다.

"오늘은 그 약속을 지키러 온 거야."

"슈는 나한테 제일 소중한 친구야. 연인이 아니라 소중한 친구로서 자물쇠를 걸고, 여기에 추억을 남기고 싶어.

그러니까 부탁이야. 하게 해 줘."

나쓰하의 표정은 진지함으로 가득했다. 나는 그 얼굴을 앞에 두고 아무 말도 할 수가 없었다.

나쓰하와 슈의 추억. 약속. 강한 마음. 그걸 무시하고 방해할 수는 없다.

'어쩌지……. 어떡하면 좋지?'

그때 나쓰하가 휴, 하고 한숨을 쉬었다.

"하지만 이렇게까지 방해하니…… 역시 하지 않는 편이 좋을지도."

나쓰하의 힘없는 말에, 슈가 눈을 동그랗게 떴다.

"나쓰하, 그게 무슨……."

"나 착각하고 있었어. 슈의 다정함에 기대고 있었던 거야. 오늘도 무리하게 끌고 와서 귀찮게만 하고."

"아무도 그렇게 말한 적 없어! 그런 식으로 혼자 생각하지 마."

"하지만 사실인걸. 난 현실에서도 인터넷상에서도 미움받고 있어. 그런 내가 슈의 친구라니 처음부터 가능할 리 없었어……."

"그런 거 아니야!"

내가 갑자기 큰 소리를 내자, 나쓰하가 깜짝 놀라 나를 바라보았다.

"그렇게 생각하면 안 돼. 진실이 아니어도 계속 그렇게 생각하면 진실이 되어 버리니까."

그렇다. '친구가 될 수 없다'니, 그렇게 생각하면 안 된다.

나도 그랬다. 아무리 미래 시력을 보아도 나는 다른 사람을 구할 수 없다고, 그렇게 믿고 있었다. 그런 생각은 오랜 시간 동안 내 안에서 '진실'로 자리 잡고 있었다.

하지만 그렇지 않다. 할 수 없다고 생각하는 것은 자신의 가능성에 벽을 쌓는 것과 마찬가지다. 할 수 없는 건 하지 않기 때문이고, 하지 않는 이유를 만들어 그것에 묶여 버리기 때문이다.

중요한 것은 '무엇을 하고 싶은가'라는 나 자신의 마음이다.

나는 미래 시력으로 누군가의 운명을 바꾸고, 도와주고 싶다. 돕고 싶어서 미미후와가 되었다. 내가 정말로 원하는 것, 하고 싶은 것, 그것을 이루고 싶다는 마음이 새로운 운명을, 내가 마음속으로 바라는 미래를 만들어 갈 것이다.

"나쓰하는 슈하고 친구가 되고 싶은 거구나. 그럼, 그 마음을 소중히 해."

"소중히 한다고 그 마음이 이루어진다고는 보장 못 하잖아요?"

"아니."

슈가 말했다. 문득 고개를 든 나쓰하의 시선을 피하듯 슬쩍 고개를 옆으로 돌렸다.

"난, 이미 나쓰하를 친구로 생각하고 있어."

"어⋯⋯."

"여자애고 모델이고, 나쓰하를 놀리거나 욕하는 녀석도 있지만⋯⋯ 나는 나쓰하를 존경해. 지금도 그렇고. 공부도 착실하게 하면서 성적도 좋고, 일도 잘하니까 대단하다고 생각해."

"슈⋯⋯."

나쓰하의 커다란 눈동자에 눈물이 고였다.

"그러니까 앞으로도 응원할 거고, 계속 친구로 남고 싶어. 그 자물쇠를 걸고 싶은 마음은 나도 똑같아."

슈는 그렇게 말하고 나쓰하의 손에서 자물쇠를 빼냈다.

"그러니까, 하자. 이것도 안 하고 돌아가면 후회할 게 틀림없어."

'후회.'

그 말을 들었을 때, 내 머릿속에 그리운 얼굴이 떠올랐다. 마지막으로 봤던 유키의 웃는 얼굴. 마지막까지 사과하지 못해 후회만 남아 있다. 그 때문에 소중했던 추억이 힘들고 괴로운 것이 되어 버렸다.

'둘이서 나눈 플라스틱 부적도…… 보이지 않는 곳에 넣어 버렸고…….'

그때 나는 깨달았다. 추억을 소중히 간직하는 것이 중요하다는 걸.

'그렇다. 서로 나누면 되는 거야!'

"기다려. 기어이 하겠다면, 일단 내가 철망을 받치고 있을 테니까…….'

"나쓰하!"

당황해서 뛰어나오려는 다키시마를 막고, 나는 나쓰하에게 다가갔다. 두 갈래로 묶은 머리끝에서 물이 뚝뚝 떨어졌다.

"소중히 하고 싶은 추억이라면, 여기에 남겨 두는 게 아니라 둘이서 나눠 가지는 건 어때요?"

"나눠 가진다고요?"

나쓰하가 무슨 말인지 모르겠다는 듯 고개를 갸웃했다.

"네! 그렇게 하면 언제까지나 간직하면서 떠올릴 수도 있고, 또 만날 날을 기대하면서 추억할 수도 있고. 여기에 두고 가는 것보다 훨씬 좋지 않을까요?"

"하지만 나눠 가진다니 어떻게……."

나쓰하는 그렇게 말하면서 아, 하고 주머니에 손을 넣었다. 손에 들린 것은 금빛 열쇠였다.

"보여요! 두 사람이 이 열쇠와 자물쇠를 가지고 이곳에서 다시 만나는 장면이!"

그렇게 말하고 손가락으로 힘 있게 두 사람을 가리켰다. 나쓰하는 뭔가 깨달은 듯 내 얼굴을 보고, 자기 손에 들린 것을 보았다. 슈도 조용히 자물쇠를 바라보았다.

"나쓰하, 어떡할래? 이 사람, 좀 수상하긴 해도 결정하는 건 너니까."

"슈, 나……."

"그 사람 점, 진짜예요!"

갑자기 뒤에서 누군가 소리쳤다. 놀라서 돌아보니, 거

기에 서 있는 것은 아까 안경을 쓴 여자아이였다.

"여기 와서 사진 찍을 때 철망에 너무 가까이 갔다는 걸 알고 바로 물러났어요. 그때 스마트폰을 떨어뜨릴 뻔했어요. 이 사람 점을 떠올린 덕분에, 내 스마트폰이 무사했다고요!"

"맞아! 미미후와는 진짜야!"

레이라 선배의 목소리였다. 다시 보니 안경 쓴 여자아이 뒤에 미술부 세 명이 서 있었다.

"SNS도 미미후와 점에 대한 감사와 칭찬 댓글로 가득

해요.”

그렇게 말하고 스마트폰을 들어 올리는 가나이 선배에
이어, 유미도 소리 높여 말했다.

“여기 있는 자물쇠, 정기적으로 철거한대요! 어차피 없
어질 거라면 차라리 가지고 있는 게 낫지 않을까요?”

‘모두……!’

이미 비에 흠뻑 젖은 얼굴에 뜨거운 눈물이 흘렀다. 안
경 쓴 아이와 미술부 모두, 다키시마 그리고 미미후와가
지켜보는 가운데 나쓰하의 얼굴이 밝아졌다. 그리고 천천
히 슈를 바라보았다.

“슈. 또 만나는 그날까지, 이거 잘 갖고 있어 줄래?”

그렇게 말하고, 금빛 열쇠를 꼭 쥐었다.

“알았어. 꼭 다시, 여기서 만나자.”

두 사람은 서로의 얼굴을 지그시 바라보았다.

그 눈동자는 약간 쓸쓸해 보였지만, 입가에는 만족해
하는 웃음이 떠올랐다.

옆에 있던 다키시마가 말했다.

“성공이다……. 자물쇠는 철망에 걸리지 않았고, 슈의
손안에 있어.”

"그럼······."

"그래."

다키시마는 젖은 마스크를 살짝 내리고, 안심한 듯 미소 지었다.

"운명이, 바뀌었어."

두 사람의 추억

"그럼, 우리도 슬슬 돌아갈까."

버스가 출발하는 것을 본 후 레이라 선배가 말했다.

공원의 정문 앞으로 슈와 나쓰하가 돌아가는 버스에 타는 것을 미술부 모두가 보러 온 것이다.

"저…… 유키우사에게 우리에 대한 걸 보고하는 건가요?"

반짝반짝 눈을 빛내는 가나이 선배에게 다키시마는 고개를 끄덕였다.

"물론이죠. 여러분 협조에 감사 드립니다."

"저희 언제라도 도울게요! 히사시에게 연락만 준다면

바로 출동할게요!"

레이라 선배가 가나이 선배를 가리키며 말했다. 그 옆에서 유미는 내 얼굴을 빤히 바라보고 있었다.

'아직 가면을 쓰고 있으니까 괜찮을 거라고 생각은 하지만…….'

나는 '기사라기 미우'라는 걸 들키지 않도록 당황해서 시선을 피했다.

"그럼, 그때는 잘 부탁 드릴게요."

"정말? 잘됐네, 히사시!"

"네! 유키우사에게 도움이 된다니, 영광입니다!"

"저, 미미후와 씨."

유미가 쭈뼛거리며 내게 말을 걸었다.

"뭐, 뭔가요?"

"오늘…… 저 무척 감동했어요. 미미후와 씨, 그 아이들을 위험에서 구한 거잖아요?"

"아, 뭐……."

정체가 들키는 건 아닐까 진땀을 흘리며 대답했다.

"멋져요! 저, 미미후와 씨의 팬이 됐어요. 악수 한 번 해주시면 안 될까요?"

'어…… 악수?'

유미가 손을 내밀자, 나는 다키시마 쪽을 흘끔 보았다. 다키시마는 '괜찮지 않아?'라고 말하는 것처럼 조용히 고개를 끄덕였다.

"어…… 그럼."

부끄러운 듯 손을 잡은 내게 유미는 최고의 미소를 보여 주었다.

"정말 고마워요! 저, 오늘 있었던 일은 절대 잊지 않을 거예요."

그렇게 말하고 다른 한 손으로 내 손을 감싸 쥐었다.

"저야말로 고마웠어요!"

목소리에 조금 힘을 주어 말했다. 유미는 웃는 얼굴로 내 가면을 뚫어져라 보았다.

"그럼, 수고하셨습니다!"

"또 봐요, 미미후와!"

자전거를 타고 온 미술부원들은, 손을 흔들면서 자전거 주차장 쪽으로 걸어갔다.

다키시마와 단둘이 되자, 몸에서 힘이 쭉 빠졌다.

"하아, 피곤해……."

내 힘없는 목소리에 다키시마가 쿡 웃었다.

"정말 고생했어. 이제 슬슬 원래 모습으로 돌아가고 싶지?"

"응. 수건으로 닦았다고는 해도 머리도 다 젖었고."

나는 공원으로 돌아가 아무도 없는 빈 화장실에서 옷을 갈아입었다.

미미후와의 의상을 캐리어에 넣으며, 미하라시다이에서 일어났던 일을 떠올렸다. 철망이 쓰러진 것은 모두가 그 장소를 떠난 순간 벌어졌다.

아무도 없었기 때문에 다행히 다친 사람은 없었다. 그리고 연락을 받고 달려온 관리 사무소 사람은 미하라시다이를 즉시 봉쇄했다.

다키시마가 매점에서 사 온 수건으로 몸을 닦아 내는 사이, 비가 그쳤다.

'진짜 성공했어.'

실감이 나지 않았다.

옷을 갈아입고 거울에 비친 내 얼굴을 보았다. 익숙한 그 얼굴이 평소와는 조금 달라 보였다.

다키시마가 만들어 준 '미미후와'라는 캐릭터. 미미후

와가 되어 태어난 새로운 나. 미래 시력을 보기 위해, 똑바로 고개를 들고 다른 사람의 얼굴을 당당히 볼 수 있었다. 얼마 전까지만 해도 상상도 할 수 없던 일이었다.

하지만 지금은 미미후와도 나의 일부가 되었다. 유키우사가 다키시마의 일부인 것처럼.

'아무리 그래도…… 왠지 아직도 믿기지 않네.'

그 우등생 같은 다키시마가 집에서 여장하고 동영상을 찍고 있었다니. 오늘 집에 돌아가면 유키우사 동영상을 다시 한번 찾아서 자세히 봐야겠다.

다키시마는 이제 안경도 마스크도 벗은 상태였다. 머리는 거의 말랐지만 아직 옷은 덜 말라서, 젖은 부분의 색깔이 약간 진해 보였다.

"다키시마, 춥지 않아?"

"아니, 괜찮아. 걷다 보면 마르겠지."

"걷는다고?"

"아까 확인해 봤는데, 다음 버스가 올 때까진 아직 시간이 꽤 남았어. 걸어서 돌아가도 30분 정도밖에 안 걸리니까. 기사라기는 어떡할래?"

"음, 나는…….."

"어느 쪽이든 같이 가고 싶으니까, 버스로 갈 거면 함께 기다릴게."

"어……."

'같이 가고 싶다고? 그런 말을 아무렇지도 않게……!'

얼굴이 뜨거워지는 것을 느끼면서 나는 말했다.

"나, 나도 걸어서 갈래."

"다행이다. 그럼 많이 얘기할 수 있겠네. 아직 확실히 대답을 듣지 못했으니까."

'……어라.'

"대답……이라니?"

"전에 말했던 내 마음에 대한 대답 말이야."

'……아, 그거.'

어제 다키시마에게 듣고 나서 아직 제대로 대답하지 못했다.

"음, 다키시마의 마음이란 건, 즉 미래 시력을 써서 다른 사람들을 구하는 걸 도와달라는 거지?"

"그렇다기보다, 우리 둘이 힘을 합쳐서 함께 운명을 바꾸자는 거지."

'둘이서, 말이지.'

새삼스럽게 오늘 일을 떠올려 보았다. 정말 여러 가지 일이 있었다. 몇 번이나 '무리' '못 해' 하고 생각했는데…….

나는 오늘 두려움에 지지 않고, 도전하는 것을 시도해 볼 수 있었다.

다키시마가 북돋워 준 내 마음, 거기서 생겨난 강한 마음이 슈 그리고 나쓰하의 운명을 바꾸었다.

나는 조용히 숨을 내쉬고 입을 열었다.

"다키시마, 나……."

"잠깐만. 대답을 듣기 전에 기사라기에게 사과하고 싶은 게 있어."

"어, 사과?"

"응."

다키시마는 진지한 표정으로 나를 바라보았다.

"후회하고 있어. 기사라기를 억지로 미술부에 가입시킨 게 아닐까 해서."

'억지로……?'

모치고메코에 대한 것을 떠올렸다. 듣고 보니 확실히 억지스럽다는 느낌은 들었지만…….

"뭐, 그런 걸로 사과하지 않아도 돼. 가입 신청서 쓴 건 나니까."

"하지만 그때 내가 잡지 않았으면, 가입하지 않았을 거 아니야?"

"그야……."

그랬을지도 모른다.

"기사라기, 왜 내가 너를 미술부에 가입시켰는지 알고 있어?"

"어? 그야……."

어라. 그러고 보니 왜 그랬을까. 지금까지 그 점은 깊이 생각해 보지 않았는데…….

'미래 시력을 이야기하기 좋은 상황이라서 그랬을까?'

그러자 다키시마가 조용히 입을 열었다.

"기사라기랑 함께 있고 싶어서야."

"뭐어어?"

다키시마의 말에 나는 우뚝 발걸음을 멈추었다. 같이, 있고 싶었다고!?

'이, 이거…… 혹시, 고백!?'

그 자리에 서서 눈만 깜빡거리는 나를 보고, 다키시마

가 당황해서 양손을 저으며 말했다.

"아니, 그러니까…… 함께 있을 시간이 길어져도 부자연스럽지 않은 상황을 만들고 싶었다고!"

다키시마는 부끄러운 듯 시선을 피하면서 말을 이었다.

"오늘, 슈와 나쓰하를 보면서 생각했어. 기사라기는 두 사람이 사귀고 있다고 착각했었지. 그건 나도 똑같아. 즉, 또래 남녀 둘이 함께 있으면 그런 눈으로 보게 된다는 거야."

'아, 과연.'

그렇구나. 다키시마는 나와 그런 관계로 보이는 것이 싫었던 거구나.

그야 그렇다. 다키시마는 학교에서 인기 있는 아이이고, 나는 존재감 제로인 평범한 아이이니까. 함께 있으면 누가 봐도 부자연스럽지. 거기다 다키시마에겐 '소중한 사람'이 이미 있으니까(성별은 모르지만).

'아아아앗, 잠깐이라도 착각했던 내가 부끄러워……!'

육교에 도착해서 둘이서 계단을 올라갔다. 다키시마는 헛기침한 뒤 다시 말했다.

"그러니까…… 지금이라도 가입 신청은 취소할 수 있

잖아? 아까 그런 생각이 들었어. 무리하게 가입하지 않아도, 함께 있을 수 있는 방법은 또 있으니까. 그건 그러니까 실제로……."

"괜찮아."

"어?"

나를 보고 멍하니 입을 벌린 다키시마. 아무래도 내 말이 예상 밖이었나 보다. 다키시마가 안심하도록, 나는 계속 말을 이어 갔다.

"나, 미술부에 들어가고 싶어. 유미하고도 사이좋게 지내고 싶고, 레이라 선배나 가나이 선배도 좋은 사람 같고. 솔직히 그림은 그렇게 잘 그리지 못하지만. 다키시마도 같은 미술부원이니까 나와 이야기해도 이상한 소문은 안 날 거 아니야? 그러니까 앞으로도 잘 부탁해."

그렇게 말한 후에도 다키시마는 잠시 멍한 표정으로 나를 보고 있었다.

"아, 응. 그럼 됐어. 안심했어."

그렇게 말하고 마음을 가다듬은 듯 계단을 다시 올라가기 시작했다. 기분 탓인지 속도가 조금 빨라진 것처럼 보였다. 나도 다키시마의 뒤를 쫓아 계단을 올라간 후, 그

등에 대고 말했다.

"다키시마, 나 이미 대답 결정했어."

육교 한가운데 걸음을 멈춘 다키시마가 천천히 뒤돌아 보았다.

"나…… 다키시마와 함께 운명을 바꾸고 싶어."

그 말에, 다키시마의 얼굴은 순간 놀람으로 가득 찼다. 하지만 곧장 부드럽게 풀어졌다.

"그 말이 듣고 싶었어."

다키시마가 나를 향해 돌아섰다.

"나 아직 다키시마처럼 능숙하게 할 수는 없지만…… 가능한 한 힘낼 테니까."

"응."

"내가 본 미래 시력은 전부 말할 거고, 어떻게 하면 도울 수 있을지도 열심히 생각해 볼게. 그러니까 다키시마도 내게 의지해 주면 좋겠어. 아직 믿음은 안 가겠지만……."

"옆에 있어 주는 것만으로도, 충분해."

다키시마가 한 말에 무심코 웃음이 새어 나왔다.

'역시, 이 아이를 만나게 된 건 운명이었을지도 몰라.'

누군가와 함께 있는 것만으로 이렇게 안심이 되는 건

이번이 처음이었다. 앞으로도 최대한 다키시마와 함께 있고 싶었다. 물론 나와 다키시마는 외모나 인기 면에서 어울리지 않는다는 사실은 잘 알고 있었다. 하지만 같은 힘을 가진 친구다. 미래 시력의 내용도 그것을 볼 때의 두려움도, 이제 혼자서 떠안을 필요가 없을 테니까.

"갈까."

다키시마와 둘이서 나란히 걸었다. 나는 그 단정한 옆얼굴을 흘끗 보았다. 다키시마 옆에 있을 수 있다는 게 어쩐지 기쁘고 행복했다. 오늘 하루 계속 두근거렸던 심장을 포근하게 감싸 주는 것 같았다.

다키시마 덕분에 나는 변할 수 있었다. 아마 앞으로도 점점 더 변해 갈 것이다. 그리고 언젠가는 '미미후와'에 의존하지 않고도, 다른 사람의 얼굴을 볼 수 있게 되고 싶다. 아니, 그렇게 될 것이다. 중요한 건, 내가 그렇게 하고 싶다는 마음에 있는 거니까.

가슴속이 뜨거워진 바로 그때.

지지직하고 노이즈가 들렸다. 내 마음 따위 아무 상관 없다는 듯이.

'거, 거짓말……!? 설마, 다키시마의 미래 시력……!'

그 영상은 단숨에 끝나 버렸다. 시야가 바뀐 순간, 나는 다키시마에게 달려들듯 팔을 붙잡았다. 그리고 힘껏 내 앞으로 끌어당겼다.

"우왓!?"

다키시마는 갑자기 한쪽 팔이 끌려서 균형을 잃었다.

'위, 위험해!'

버텨야 한다고 생각한 다음 순간, 다키시마의 얼굴이 눈앞으로 다가왔다. 비틀거리던 다키시마가 반동 때문에 나를 향해 넘어지기 시작한 것이었다. 정신을 차려 보니, 완전히 내게 끌어안긴 모양이 되고 말았다.

"미, 미안해!"

당황해서 떨어지는 다키시마. 기분 탓인지 왠지 얼굴이 새빨개 보였다.

"지, 지금은! 내가 일부러 그런 게 아니라!"

"알아, 내 탓이야! 미안해, 다키시마!"

그렇게 말하고 나는 머리를 숙였다. 당황해서 움직인 탓인지 아직도 심장이 벌렁거렸다.

"미래 시력이 보여서. 다키시마가 발을 헛디뎌서 이 계단에서 미끄러지는 게."

나는 몇 걸음 앞에 있는 계단을 가리켰다.

"다치게 하고 싶지 않다고 생각하니까 몸이 먼저 움직였어. 미안해!"

"아냐, 고마워. 덕분에 살았어."

그렇게 말하고 다키시마는 약간 부끄러운 듯 한 손으로 입가를 가렸다.

"정말 미안해! 내 잘못으로 분위기가 이상해져서……
싫었지?"

"아니, 별로 싫지는 않았는데……."

'어?'

그때 다키시마의 주머니에서 뭔가 반짝 빛났다. 자세히 보니 무언가 금색으로 빛나는 게 비죽 얼굴을 내밀고 있었다.

"다키시마, 그거……."

"응? 아!"

내 시선이 향한 곳을 눈치챈 다키시마가 당황해서 그것을 다시 집어넣었다.

"그거…… 자물쇠야?"

그렇다. 주머니에 들어 있는 것은 미하라시다이의 매

점에서 팔고 있는 자물쇠였다. 바로 쓸 수 있게 풀려 있는 자물쇠에는 열쇠가 꽂혀 있었다.

"아니, 이건, 뭐랄까……."

다키시마는 부끄러운 듯 시선을 피했다. 자세히 보니 귀까지 새빨개져 있었다.

"기념이라고 생각해서…… 수건 살 때 같이 사 버렸어."

"기념이라니……."

"처음으로 기사라기와 누군가의 운명을 바꾼 기념."

그렇게 말하고는 빨개진 얼굴을 숙였다.

'다키시마, 귀여워…….'

항상 쿨한 표정이었는데, 지금은 아이처럼 보여서 나는 무심코 쿡 웃어 버렸다. 그러자 다키시마의 얼굴이 더 빨갛게 변했다.

"어이없다고 생각하지?"

"설마! 그냥, 의외라서 그랬어. 다키시마가 이런 걸 좋아한다고는 생각 못 했으니까."

"유키우사 연기도 할 정도인데 싫어하지 않아. 뭐, 철망에 다는 건 위험하다고 생각하지만."

그렇게 말하고, 다시 진지한 표정으로 말했다.

"들켜 버린 김에 말하는데, 괜찮으면 이거 둘이 나눠 가질래?"

"어?"

다키시마는 자물쇠에서 열쇠를 빼서 내게 내밀었다.

"슈랑 나쓰하처럼. 오늘 우리 두 사람의 추억으로 말이야."

"……응."

나는 다키시마에게서 금빛으로 빛나는 열쇠를 받아 들었다. 어느새 손이 뜨거워져 열쇠가 차갑게 느껴졌다.

"저, 오늘 이야기했던 옛날 친구 말인데…… 그 아이는

기사라기를 원망하진 않을 거라고 생각해.”

‘어…….’

유키에 대한 말이다. 다키시마는 자물쇠를 손에 쥐고, 말을 고르는 듯 천천히 말했다.

“과거는 바꿀 수 없어. 그러니까 이제, 그렇게 마음 아파하지 마.”

마치 유키가 눈앞에서 말하는 것 같았다. 기뻐서 나도 모르게 얼굴에 미소가 지어졌다.

“응. 고마워, 다키시마.”

그렇게 말하는 내 얼굴을 바라보며, 다키시마는 안심한 듯 환하게 웃었다.

“기사라기가 내 마음에 답해 줘서 정말 기뻐.”

‘……그러니까 그런 말은 오해 사기 쉽다니까!’

그렇게 생각하면서도 내 얼굴은 내 생각과 상관없이 뜨거워졌다. 빨개졌을 텐데…… 하고 양손으로 뺨을 감쌌을 때, 다키시마가 내 귓가에 입을 가까이 댔다.

“미래 시력, 유키우사, 미미후와……. 그리고 오늘 일 **모두, 우리 둘만의 비밀이야.**”

‘……힉!’

'비밀'이라는 단어의 달콤한 울림과 다키시마의 간지러운 숨결 때문에 몸이 바르르 떨렸다. 육교 위에는 다키시마와 단둘뿐이었다.

"어? 응!"

그렇게 대답하는 것이 나의 최선이었다.

✦

집에 도착해 보니 슈가 소파에 드러누워 게임을 하고 있었다. 여느 때와 같은 거실, 익숙한 광경. 그 평화로운 일상 풍경에 웃음이 나왔다.

"나쓰하는? 집까지 잘 바래다줬어?"

"바래다줬어. 이사 가는 날, 너한테도 인사하고 싶다던데. 같이 갈래?"

"어! 그래도 돼?"

"나쓰하랑 친구 하고 싶다며. 근데 오늘 왜 안 왔어?"

"아……."

맞다. 오늘은 '미미후와'로서만 나쓰하와 말했지.

"그보다, 같이 있던 사람 누구야?"

"어?"

"체육관에 웬 남자랑 같이 있었잖아?"

"남자라니, 다키시마 말하는 거야?"

"다키시마 말이지……."

슈는 말을 끊고, 조금 생각에 잠긴 듯 가만있었다.

"그 자식, 남친이야?"

뭐? 남친? 남친이라니……. 그, 남자친구 여자친구 할 때 그거?

……뭐어어어!?

"그럴 리가 없잖아! 다키시마는 그냥, 같은 동아리 친구라고! 절대 남자친구라거나 그런 거……!"

"농담이야. 뭘 그렇게 열심히 변명하고 그래? 어리석긴."

킥킥대는 슈를 보니 당한 느낌이 들었다.

그때 삐삐삐삐, 하고 전자음이 울렸다. 나는 서둘러 주머니에서 스마트폰을 꺼냈다. 처음 받는 전화여서 다키시마가 떠올랐다. 하지만 화면에 표시된 건 다른 사람의 이름이었다.

'유미……?'

"여보세요?"

복도로 나가 전화를 받자, 기운찬 유미의 목소리가 들려왔다.

"아, 미우! 이제 몸은 좀 괜찮아졌어?"

그 말을 듣고, 아프다고 거짓말한 게 떠올랐다.

"어? 응! 몸은 이제 괜찮아. 고마워."

"그래? 다행이다! 아까 메시지 보냈는데, 읽음 표시가 안 떠서……. 갑자기 전화해서 미안해."

아, 그랬구나. 전혀 몰랐다.

"나야말로 못 봐서 미안. 근데 무슨 일인데?"

"실은 좀 물어보고 싶은 게 있어서."

"물어보고 싶은 거?"

"응, 저기……."

유미의 목소리 톤이 조금 낮아졌다.

"미우 말이야. 나한테 뭔가 숨기고 있는 거 없어?"

"어?"

등골이 서늘했다.

'숨기고 있는 거라니, 설마…….'

하마터면 스마트폰 떨어뜨릴 뻔한 것을 간신히 붙잡

고, 마른침을 삼켰다.

'설마, 미미후와에 대한 걸 유미한테 들켰나?'

작가의 말

여러분, 처음 뵙겠습니다! 나나미 마치예요!

이 책을 선택해 줘서 정말정말 고마워요!

이상한 힘을 가진 미우와 다키시마의 운명적인 만남을 그린 이야기.

어땠나요? 재미있었나요? (두근두근……)

갑작스럽지만, 여러분에게는 '꿈'이 있나요?

어린 시절의 저는 정말 여러 가지 꿈이 있었어요. 그중 제일 큰 것이 '책을 내는 것'이었지요.

내가 쓴 이야기가 책이 되어서 서점에 진열된 걸 볼 수 있다면 얼마나 멋질까……. 어린 시절뿐만이 아니라 어른

이 되어서도 꽤 오래 가지고 있던 꿈입니다.

하지만 현실은 달랐어요. 대회에 응모해 봐도 매번 탈락. 스스로에게 재능이 없는 걸까, 하고 소설 쓰는 것도 한번 그만뒀지요. 미우처럼 '내가 할 수 있을 리 없다' 하고 생각했어요. 하지만 내 안의 '소설을 쓰고 싶다'는 생각은 없어지기는커녕 점점 커져만 갔지요.

'많은 사람이 내가 쓴 소설을 읽어 주었으면 좋겠다' '즐겨 주었으면 좋겠다' 같은 목소리가 머릿속에서 멈추질 않았어요.

나는 그 목소리에 따르기로 했습니다. 다키시마가 말한 것처럼, '내가 무엇을 하고 싶은지'에 집중하기로 한 거예요.

그 결과, 무슨 일이 일어났을까요.

이제 아시겠지요? '책을 낸다'라는 커다란 꿈이 이루어진 거예요.

그러니까 이 책을 읽어 준 여러분도, 우선은 도전해 보면 좋겠다는 생각입니다.

가슴이 뛰는 것, 재미있어 보이는 것, 즐거워 보이는

것. 어렵다고 생각해도 '당연히 못 한다'는 생각으로 일단 시작해 보세요.

'이걸 해 보고 싶어' '이렇게 되고 싶어'라는 강한 마음은 운명을 점점 바꾸어 가면서, 멋진 미래로 이어집니다. 그렇게 생각해요.

어린 시절의 나에게 있어서의 '미래', 즉 '지금'은 매일 재미있고 행복하답니다!

마지막으로, 금상을 주신 심사위원과 편집부 여러분, 아주 멋진 일러스트를 그려 준 고마가타 선생님, 편집 담당 M씨, 정말로 감사합니다!

저의 꿈을 응원해 주었던 가족과 친구들에게도 감사를 전합니다.

그리고 이 책을 여기까지 읽어 준 여러분, 정말로 고마워요!

제2권(2021년 1월 발매 예정)에서도 미우와 다키시마를 응원해 주시면 고맙겠습니다.

또 2020년 12월 발매 예정인 '재미있는 이야기 모음집 ⓡ (루비)'에도 참여할 예정입니다! 다키시마의 의외의 일면이 드러날지도…….

　꼭 읽어 주세요!

　그럼 다시 만나는 그날을 고대할게요!

나나미 마치

옮긴이 **박지현**

일본어 전문번역가. 조선대학교 일본어학과를 졸업하고, 일본계 회사에서 근무했다. 옮긴 책으로『복수할 때가 왔다』『단 한 사람의 힘』『문은 아직 닫혀 있는데』『금요일 밤의 미스터리 클럽』등 다수가 있다.

제로 럭키 소녀, 세상을 바꿔줘

ⓒ 나나미 마치, 2022

초판 1쇄 인쇄일 2021년 12월 23일
초판 1쇄 발행일 2022년 1월 10일

지은이	나나미 마치
그린이	고마가타
옮긴이	박지현
펴낸이	강병철
디자인	연태경 서은영
마케팅	최금순 오세미 김하은
제작	홍동근

펴낸곳	이지북
출판등록	1997년 11월 15일 제105-09-06199호
주소	10881 경기도 파주시 회동길 325-20
전화	편집부 (02)324-2347, 경영지원부 (02)325-6047
팩스	편집부 (02)324-2348, 경영지원부 (02)2648-1311
이메일	ezbook@jamobook.com

ISBN 978-89-5707-214-1 (43830)

잘못된 책은 교환해드립니다.

"콘텐츠로 만나는 새로운 세상, 콘텐츠를 만나는 새로운 방법, 책에 대한 새로운 생각"
이지북 출판사는 세상 모든 것에 대한 여러분의 소중한 콘텐츠를 기다립니다.
ezbook@jamobook.com